MANESSE BIBLIOTHEK DER WELTLITERATUR

Gabrielle Roy · Die Straße nach Altamont

GABRIELLE ROY

Die Straße nach Altamont

Roman

Aus dem Französischen übersetzt
von Renate Benson
Nachwort von Armin Arnold

MANESSE VERLAG

ISBN 3-7175-1344-3 (Leinen)
ISBN 3-7175-1345-1 (Leder)

Meine allmächtige Großmutter

I

Ich war sechs Jahre alt, als mich meine Mutter für einen Teil des Sommers zu meiner Großmutter in ihr Dorf nach Manitoba schickte.

Ich ging nicht ohne einiges Sträuben. Diese große Alte machte mir angst. Jeder wußte, daß sie sehr auf Ordnung, Sauberkeit und Disziplin hielt, daß es in ihrem Haus unmöglich war, die geringste Kleinigkeit herumliegen zu lassen. Bei ihr hieß es dauernd: «Heb dies auf, halte deine Sachen zusammen, man muß sich jung üben», und dergleichen mehr. Hinzu kam, daß nichts sie so außer sich brachte wie Kinderweinen, das sie «Winseleien» oder «Leiern» nannte. Da war noch eine andere Sache: ihre zum Teil selbst erfundene Redeweise, die nicht immer leicht zu verstehen war, oft sogar überhaupt nicht. Später jedoch habe ich in meinem alten Littré mehrere Redensarten meiner Großmutter wiedergefunden, die bis auf die Zeit zurückgehen mochten, da die ersten französischen Siedler nach Kanada kamen.

Trotz allem mußte sie sich langweilen, denn von ihr stammte die Idee, mich einzuladen. «Du schickst mir die schmächtige Kleine», stand in einem ihrer Briefe, den meine Mutter mir zeigte, um mich völlig davon zu überzeugen, daß ich meiner Großmutter willkommen sei.

Schon dieses «schmächtige Kleine» nahm mich nicht unbedingt mehr für Großmutter ein. So war ich in ziemlich feindseliger Stimmung, als ich an einem Julitag bei ihr ankam. Ich teilte es ihr auch sofort mit, kaum hatte ich einen Fuß über ihre Schwelle gesetzt.

«Ich werde mich hier langweilen, das ist

ganz sicher, das steht in den Sternen geschrieben.»

Ich wußte nicht, daß ich genau die Sprache sprach, die sie belustigte, gar bezauberte. Nichts erzürnte sie so wie die Heuchelei, die so vielen Kindern eigen ist und die sie scheinheiliges Schmeicheln und Umgarnen nannte.

Auf meine schwarze Voraussage hin sah ich sie denn leise lächeln, und das war schon ziemlich außergewöhnlich.

«Du wirst sehen», sagte sie, «du wirst dich schon nicht zu sehr langweilen. Wenn ich will, wenn ich mir wirklich Mühe gebe, kann ich ein Kind auf hundert Arten unterhalten.»

Arme, liebe Alte! Sie war es, die sich trotz ihres Stolzes langweilte. Fast niemand besuchte sie mehr. Sie hatte eine Unzahl von Enkelkindern, aber sie sah sie so selten, daß ihr Gedächtnis, das trotz allem nachließ, sie kaum noch auseinanderhielt.

Manchmal verlangsamte ein Auto, vollgepackt mit jungen Menschen, seine Fahrt vor der Tür, hielt vielleicht für einen Augenblick; ein Schwarm junger Mädchen winkte und rief:

«Hallo, Großmuttchen! Geht es dir gut?»

Großmutter hatte gerade Zeit genug, um an die Tür zu eilen, und schon entschwand die Mädchenschar wieder in einer Staubwolke.

«Wer ist da gekommen?» fragte sie mich. «Die Töchter von Cléophas? Oder die von Nicolas? Hätte ich meine Brille gehabt, hätte ich sie erkannt.»

Ich sagte es ihr.

«Das waren Berthe, Alice, Graziella und Anne-Marie.»

«Ah!» sagte sie, indem sie in ihrem Gedächtnis suchte, ob jene Mädchen zu Nicolas, Cléophas oder Albéric gehörten. Dann begann sie, mit sich selber zu argumentieren:

«Aber nein, was denke ich da! Nicolas hat fast nur Jungen.»

Sie setzte sich für einen Augenblick in ihren Schaukelstuhl am Fenster, um Klarheit in die Sache zu bringen und um eine vollständige Zählung ihrer Nachkommenschaft anzustellen. Auf diese Weise beschäftigt sah ich sie am liebsten, wenn sie sich nämlich den Anschein gab, die durcheinandergeratenen Fäden entwirren zu können.

«Bei Cléophas», begann sie, «gibt es zuerst Gertrude; danach kommt der älteste der Söhne – wie heißt er doch, der große mit dem braunen Haar? Rémi?»

«Aber nein doch», half ich ihr ein wenig ungeduldig. «Rémi gehört meinem Onkel Nicolas.»

«Ah! Was du nicht sagst», gab sie verletzt zurück.

Nach und nach begriff ich, daß sie sich weniger fürchtete, mich ihre Gebrechen merken zu lassen: schwache Augen, ein mangelhaftes Gehör und, was sie noch mehr erbitterte, das Nachlassen ihres Gedächtnisses.

Am nächsten Tag fiel eine andere Gruppe junger Leute ins Haus ein – «aber nur für fünf Minuten»; diesmal waren sie in einem leichten Pferdegefährt gekommen.

Großmutter beeilte sich, den Tisch herzurichten. Vielleicht glaubte sie, die Schar auf diese Weise zum Bleiben bewegen zu können; der aber lag nicht im geringsten daran! Während sie in den Keller stieg, um einen Topf Gurken zu holen, riefen die Mädchen in ihrem Sonntagsstaat: «Wir können nicht warten, wir müssen nach Rathwell... Byebye, Großmuttchen!»

Sie kam herauf, blinzelte ein wenig und fragte mich:

«Sind sie weg?»

Von draußen vernahm man den Lärm des Aufbruchs.

«Oh, diese Jugend von heute!» rief Großmutter aus.

Wir blieben allein in dem kleinen Haus, um dem klagenden Wind der Ebene, die sich endlos unter der Sonne dehnte, zu lauschen.

Da begann Großmutter, mit sich selber zu sprechen. Vielleicht dachte sie nicht daran, daß ich ihr zuhörte. Eines Tages hörte ich sie am Fenster seufzen:

«Man wird immer durch das bestraft, was man sich gewünscht hat. Ohne Zweifel habe ich zu sehr ein ruhiges Leben herbeigesehnt, wo alles seine Ordnung haben würde und keine Kinder mehr dauernd mit ihren Klagen an meinen Röcken hingen. Ja, ich habe mir eine Minute für mich gewünscht. Jetzt habe ich ein ganzes Jahrhundert!»

Sie seufzte von neuem, und schließlich beklagte sie sich über Gott.

«Warum hört er uns auch zu, wenn man ihn um etwas bittet, was einem später nicht mehr zusagt? Er müßte genug Einsicht haben, uns nicht zu erhören!»

Dann erinnerte sie sich, daß ich in ihrem Hause weilte, und rief mich mit einer kleinen Handbewegung herbei.

«Deinen Namen wenigstens kenne ich.»

Dann fragte sie mich:

«Wie heißt du schon?»

Ich sagte es ihr, ein wenig verstimmt:

«Christine.»

«Ja natürlich, ich wußte es doch: Christiane.»

Und in ihre Träume versunken, fragte sie mich:

«Wie alt ist das kleine Mädchen denn?»

Doch es kam die Stunde, wo ich trotz allem nicht wußte, was ich anfangen sollte. Das war in dem Augenblick, da die untergehende Sonne über die Ebene einen großen roten Schein verbreitete, der – weithin und befremdend – sie noch auszudehnen und sie auch gleichsam von aller menschlichen Gegenwart zu befreien schien, um sie vielleicht den wilden Träumen jener einsamen unbevölkerten Zeit zurückzugeben. Es schien, daß die Ebene zu jener Stunde keine Menschen auf sich duldete, weder Häuser noch Dörfer, daß sie sich mit einem Schlag all dessen entledigen wollte, um wieder wie einst zu sein: stolz und abweisend.

Im übrigen gab es bei Großmutter keine Möglichkeit, diesem verwirrenden Schauspiel zu entgehen. Das Dorf war klein, und Großmutters Haus lag ganz am Ende; wie ein Meer umgab uns die Ebene von allen Seiten, außer im Osten, wo man noch einige Holzhäuschen sah, die uns Gesellschaft leisteten auf dieser – wie mir schien – schrecklichen Reise. Denn in dieser Unbeweglichkeit der Ebene überkommt einen leicht der Eindruck, auf eine Art Reise über ein unendliches, eintöniges, sich immer gleichbleibendes Land mitfortgerissen zu werden.

Eines Tages plötzlich, an dem ich nichts von meinem Kummer verstand und vor allen

Dingen nicht wußte, woher er kam, begann ich laut zu klagen:

«Oh, wie ich mich langweile, wie ich mich langweile, wie ich mich langweile!»

«Willst du gleich aufhören», rief Großmutter gereizt. «Man könnte glauben, ein Kojote heule.»

Ich versuchte zu schweigen, aber bald überfiel mich wieder mein seltsamer, namenloser Kummer, dessen Herkunft ich nicht erklären konnte, und ich jammerte, so laut ich konnte:

«Wie ich mich langweile!»

«Oh, die armen Unschuldigen!» sagte Großmutter.

So nannte sie kleine, betrübte Kinder vor allem dann, wenn ihr unverständlicher Kummer sie übermannte. Ich weiß nicht, ob sie auf die Ermordung der unschuldigen Kindlein anspielte, aber niemals, wenn sie ein Kind von Herzen weinen sah, niemals irrte sie sich und rief unwillig aus: «Oh, die armen Unschuldigen!»

Da sie nicht mehr wußte, wie sie mich noch zerstreuen oder trösten konnte, und nachdem sie mir vergeblich alles angeboten hatte, was sie in ihrem Haus an Gutem zu essen haben mochte, sagte sie schließlich:

«Wenn du aufhörst zu jammern, mache ich dir eine Puppe.»

Meine Tränen versiegten sofort.

Zweifelnd betrachtete ich meine Großmutter in ihrem hohen Schaukelstuhl.

«Eine Puppe», sagte ich, «findet man in Geschäften, die kann man nicht machen.»

«Ah, das glaubst du!» sagte sie; dann schimpfte sie wie immer über die Geschäfte, das Geldausgeben und über die heutige Mode, alles fertig zu kaufen.

Nachdem sie ihren Ärger losgeworden war, füllten sich ihre Augen mit einem zarten Glanz, wie ich ihn noch nie gesehen hatte, so ganz und gar außergewöhnlich war er;

wie ein schöner, heller Schimmer sich über einen Ort breitet, den man für gefühllos, verödet und unbelebt gehalten hätte. Was sie an diesem Tag vollbringen würde, begann dennoch auf die einfachste Weise der Welt.

«Geh auf dem Speicher meinen großen Flickenbeutel holen», sagte sie. «Irre dich nicht. Nimm den, der oben mit einer dünnen Kordel zusammengebunden ist. Bring ihn mir, und wir werden sehen, ob ich nicht fähig bin, das zu machen, was ich will.»

Immer noch ungläubig, aber auch neugierig und vielleicht mit dem geheimen Wunsch, bei Großmutter einen Fehler zu entdecken, machte ich mich auf die Suche nach dem großen Flickenbeutel.

Großmutter holte aus ihm vielfarbige, aber saubere Stoffreste hervor – Großmutters Stoffreste waren alle sorgfältig gewaschen, bevor sie weggepackt wurden, und hatten keinen Geruch –, Reste von bedrucktem Kattun, von gewebtem Tuch und Sackleinen; ich entdeckte, wie in ihren Fußdecken, Reste eines Kleides von einer meiner Schwestern, von einem Leibchen meiner Mutter, von einem meiner eigenen Kleider und einer Schürze, von der ich nicht mehr wußte, wem sie gehörte. Es machte Spaß, so viele Erinnerungen an diese Lumpen knüpfen zu können. Schließlich fand Großmutter ein weißes Stück Stoff. Sie schnitt es in verschiedene Teile, aus denen sie so etwas Ähnliches wie kleine Säcke von unterschiedlicher Größe machte, einen für den Körper, die anderen für die Arme und Beine.

«Jetzt brauche ich Stroh, Salz oder Hafer, um das alles auszustopfen. Das hängt davon ab, was du am liebsten möchtest. Was willst du», fragte sie mich, «eine weiche Puppe aus Stroh oder?...»

«Oh, aus Hafer!» sagte ich.

«Dann wird sie schwer sein», warnte mich Großmutter.

«Das macht nichts.»

«Wie du willst; in diesem Fall geh in die Scheune. Ich habe dort einen Sack Hafer aufbewahrt aus der Zeit, wo ich daran dachte, einmal Hühner zu halten. Bring mir einen kleinen Teller voll!»

Als ich zurückkam, waren alle Glieder der Puppe so weit zusammengenäht, um mit dem Hafer gefüllt zu werden, den Großmutter aufbewahrt hatte, für den Fall, daß sie Hühner haben würde. Mir entging nicht ganz, wie alle diese sonderbaren Zufälle zusammenkamen, um meinem Glück zu dienen. Bald hatte meine Großmutter die mit Hafer gefüllten Glieder aneinandergenäht, und ich hatte eine kleine, ziemlich gelungene, menschenähnliche Gestalt vor mir, mit Füßen, Händen und einem Kopf, der oben ein wenig flach war.

Ich begann ein reges Interesse an der Fertigstellung zu nehmen.

«Ja», sagte ich, «aber bei den Haaren wird es schön schwierig werden!»

«Die Haare! Was denkst du!» antwortete Großmutter lebhaft, da sie wenigstens die unerschöpfliche und erfinderische Quelle ihrer Phantasie bewahrt hatte. Ohne Zweifel lag hier die Begabung der Familie.

«Kehre zum Speicher zurück», sagte sie; «mache die rechte Schublade der Kommode auf, die ich da habe hinaufbringen lassen. Wühl nicht herum. Nimm einen Strang Wolle... Willst du übrigens eine blonde Puppe, wie es heutzutage Mode ist? Oder eine braune? Oder gar eine alte mit weißen Haaren wie meine?»

Ich zögerte vor der grausamen Wahl. Ich hätte wirklich gern eine alte Puppe mit Brille und weißen Haaren gehabt, wenn ich daran dachte, wie originell das wäre. Aber mein Wunsch nach einer jungen Puppe war auch sehr stark.

«Kannst du mir eine mit blonden Locken machen?»

«Nichts leichter als das», sagte Großmutter.

«Hole die Wolle, die dir gefällt, und wenn du zurückkommst, bringe die Brennschere aus meinem Zimmer mit! Bring auch zugleich die Petroleumlampe! Oder besser, mach den Weg zweimal, damit nichts zerbricht.»

So geschah es. Nachdem Großmutter eine schöne Perücke aus gelben Haaren fertiggestellt hatte, kräuselte sie sie mit der über der Lampe erhitzten Brennschere zu Löckchen und setzte sie dann auf den Kopf meiner Puppe.

Ich konnte mein Entzücken nicht mehr verbergen.

«Du kannst also alles?» fragte ich sie.

«Fast alles», sagte sie träumerisch. «Die jungen Leute von heute kennen nicht das Glück und den Stolz, etwas mit dem, was man zur Hand hat, zu vollbringen. Sie werfen alles weg.»

Nach einiger Zeit fuhr sie fort:

«Als ich jung war, mußte ich darauf verzichten, in Geschäften einzukaufen. Ich habe gelernt, ich habe gelernt», sagte sie, indem sie weit in ihr Leben zurückblickte… «Aber jetzt braucht deine Puppe ein Gesicht. Steige auf den Tisch, versuche, zu meiner Feder und Tintenflasche hinaufzulangen und sie vom Sims herunterzuholen.»

Als die Sachen in ihrer Nähe standen, tauchte sie die Feder ein und zeichnete auf das noch stumme Gesicht meiner Puppe zuerst den Bogen der Brauen, dann die Augen, danach den Mund und eine hübsche, kleine, gerade Nase.

Ich begann, in die Hände zu klatschen und herumzuspringen, unfähig, meine Freude zurückzuhalten. Ohne Zweifel entzückte mich die schöpferische Begabung meiner Großmutter sehr. In der Tat, überall, wo ich diese Gabe Gottes am Werk gesehen habe, sei es bei dem bescheidensten Geschöpf – und sie findet sich an erstaunlichen Orten –, immer hat sie mich mit höchster Wonne erfüllt.

«Ja, aber sie muß einen roten Mund haben», sagte ich.

«Das ist richtig», antwortete Großmutter. «Dieser blaue Mund gibt ihr ein krankes Aussehen. Nun, das wird ein bißchen schwieriger sein. Aber wir werden es schon schaffen...»

Ich bemerkte, daß sie mich in ihr schöpferisches Werk mit einzubeziehen begann, und ich war noch stolzer auf ihre Begabung.

«Geh einmal nachsehen», sagte sie in plötzlicher Eingebung, «ob sich nicht auf der Kommode in meinem Zimmer ein Lippenstift findet – etwas Scheußliches, die richtige Farbe für die Wilden, aber diesmal können wir sie gebrauchen. Ich glaube, daß Gertrude – nein, vielmehr Anne-Marie – einen vergessen hat, als sie das letzte Mal in mein Zimmer ging, um sich anzumalen.»

In der Tat fand ich genau an dem Ort, den sie mir beschrieben hatte, die Farbe für die Wilden.

Oh, der hübsche kleine rote Mund, ein wenig schelmisch, wie zu einem unbestimmten Lächeln verzogen, den Großmutter dann zeichnete!

Mit blonden Löckchen, blauen Augen und ihrem kleinen, spöttischen Lächeln erschien mir meine Puppe schon wunderschön, obwohl sie noch ganz nackt war.

«Für ihr Kleid habe ich eine schöne Vorhangspitze in der unteren Schublade der Kommode im Gästezimmer», sagte Großmutter. «Geh sie holen und schau zugleich in der oberen Schublade nach. Ich glaube, ich habe dort noch ein blaues Band.»

Eine halbe Stunde später trug meine Puppe ein hübsches weißes Kleid, mit Volants und einem himmelblauen Gürtel geschmückt. Großmutter war damit beschäftigt, auf die Vorderseite des Kleides eine ganze Reihe von winzigen goldenen Knöpfchen zu nähen.

«Aber sie hat ja nackte Füße», sagte ich in plötzlicher Bestürzung. «Mit den Schuhen wird es schwieriger sein, nicht wahr, Großmuttchen?»

Ich wurde demütig, sehr demütig vor ihr, vor der Größe ihres Verstandes, ihren schöpferischen Händen, vor dieser seltsam stolzen und unerklärbaren Einsamkeit dessen, der schöpferisch tätig ist.

«Möchtest du die Schuhe aus Leder, aus Satin oder Plüsch?» fragte sie einfach.

«Oh, aus Leder!»

«Ja, das ist haltbarer. Also gut, geh die alten gelben Lederhandschuhe holen, die früher deinem Onkel Nicolas gehörten. Du findest sie...»

So fand ich auch diesmal auf ihre Auskunft hin ohne Mühe die Handschuhe aus gelbem Leder.

«Das ist Leder aus dem Kaufhaus», sagte sie, indem sie sie prüfend vor ihren Augen umwendete. «Die Läden verkaufen hauptsächlich Schund, schlecht genäht, schlecht verarbeitet. Für einmal wenigstens ist da etwas Gutes und Schönes entstanden. Dein Onkel Nicolas hatte in seiner Jugend einen ausgefallenen Geschmack», vertraute sie mir an. «Aber er hat die Handschuhe ja auch für seine Hochzeit gekauft. Und nun siehst du, wie alles mehr als einmal von Nutzen ist», sagte sie. «Gestern für die Hochzeit, heute für Puppenschuhe! Man sagt, daß ich alles aufhebe, daß ich mich damit belaste, daß ich eine altmodische Alte sei. Doch eines Tages kann man dann das, was man hätte wegwerfen können, gut gebrauchen.»

Während sie plauderte, schnitt sie zu und nähte dann die entzückendsten kleinen Puppenschuhe, die ich je gesehen habe.

«Da ich schon einmal dabei bin, können wir ihr auch gleich Handschuhe machen.»

Es wurde Nacht. Großmutter hieß mich die Lampe anzünden und sie ganz in ihre Nähe stellen. Keiner von uns dachte ans Abendessen. Der geregelte Ablauf des Tages, an dem meine Großmutter so sehr festhielt, war für dieses Mal aufgehoben. Wenn sich etwas Bedeutenderes als dieser Stundenplan darbot, konnte sie ihn also übergehen. Sie fuhr mit der Arbeit fort, die Brille vor den Augen; ich bin überzeugt davon, daß sie glücklich war, die liebe alte Frau, wie zu der Zeit, da dringende Pflichten sie vom Morgen bis zum Abend beanspruchten und ihr keine Atempause ließen, um über die großen und geheimnisvollen Tiefen des Schicksals nachzudenken. Oder besser, sie war zweifellos nur vollkommen glücklich, wenn ihre Aufgaben über die Anforderungen des gegenwärtigen Augenblicks hinausgingen.

«Hast du einen Namen für sie gefunden?» fragte sie mich, indem sie mich unter ihren Brillengläsern ansah.

Es waren altmodische Brillengläser, in Metall eingefaßt.

«Ja, Anastasia.»

«Ah», sagte sie, und ich wußte, daß der Name ihr gefiel. «Es gab einmal in meinem

Dorf in Quebec eine Anastasia. Das ist ein einprägsamer Name. Das ist nicht einer der kleinen, kurzen Namen von heute, die man sofort wieder vergißt: Jean, Jeanne, Robert, Roberte... Früher hatten die Menschen Namen, an die man sich erinnerte: Phidime, Viateur, Zoé, Sosthène, Zacharias...»

Während der ganzen Zeit machte meine Puppe Fortschritte. Eigentlich brauchte sie gar nichts mehr, aber einmal an der Arbeit, konnte meine Großmutter ohne Zweifel nicht mehr aufhören. Aus schwarzem Tuch nähte sie eine Reisepelerine, dann – eins zog das andere nach sich – begann sie, ihr aus Leim und Pappe einen kleinen Koffer zu machen, an den sie einen winzigen Henkel nähte, den ich Anastasia an die Hand hängte.

Damit war es aber noch nicht genug.

«Sie braucht einen Hut», schlug Großmutter vor. «Man geht nicht auf Reisen ohne Hut, nicht einmal in einer so sittenlosen Zeit wie heute.»

Sie schickte mich auf die Suche nach einem alten Strohhut im Vorraum. Sie trennte ihn auf; dann, mit ihren von Rheumatismus steifen Fingern – mit solchen Fingern sei es viel schwieriger, kleine Dinge anzufertigen als große, sagte sie zu mir –, strickte sie einen neuen, diesmal sehr kleinen, sehr zierlichen Hut.

«Wie», rief ich mehrmals aus, «du kannst also auch Hüte machen!»

«Früher, nicht weit von uns, habe ich aus feinem Bast sehr hübsche gemacht... Außerdem», erzählte sie mir, «habe ich oft genug jemanden eingekleidet – deine Mutter, deinen Großvater –, und zwar von Kopf bis Fuß.»

«Von Kopf bis Fuß, Großmuttchen!»

«Von Kopf bis Fuß... und ohne für irgend etwas ins Kaufhaus gehen zu müssen, außer vielleicht für Knöpfe. Und sogar Knöpfe habe ich gemacht, aus Rinderhorn; mit einer Ahle habe ich die Löcher gebohrt.»

«Von Kopf bis Fuß», sagte ich.

Sie reichte mir die Puppe mit ihrem Strohhut, der, an einem Band um den Hals, in ihrem Nacken hing. Ich war so glücklich, daß mir die Tränen kamen.

«Ah, muß das schon wieder losgehen, habe ich das alles umsonst gemacht», murrte Großmutter. Ich aber kletterte auf ihren Schoß, indem ich vergaß, wie wenig sie Gefühlsausbrüche und Zärtlichkeiten liebte; ich warf meine Arme um ihren Hals; ich schluchzte aus einem heftigen Glücksgefühl heraus, das zu mächtig, fast unglaublich war. Es schien mir, daß dem, was diese alte Frau mit ihrem von tausend Runzeln durchfurchten Gesicht zu vollbringen vermochte, keine Grenzen gesetzt seien. Mich überfiel das Gefühl von ihrer Größe, von ihrer unendlichen Einsamkeit. Ich rief ihr ins Ohr:

«Du bist Gottvater. Du bist Gottvater. Auch du kannst aus Nichts alles machen.»

Sie wies mich ohne große Gereiztheit oder Ungeduld von sich.

«Nein, ich bin weit davon entfernt, Gottvater zu sein», sagte sie. «Denkst du, ich könnte einen Baum, eine Blume oder einen Berg machen?»

«Eine Blume vielleicht.»

Sie lächelte ein wenig: «Auf jeden Fall habe ich genug zum Blühen gebracht...»

Ich sah, daß sie keineswegs darüber böse war, daß ich sie mit Gottvater verglichen hatte.

«Denn», sagte sie nach einem Moment des Nachdenkens, «mit den Mitteln und der Kraft, die er mir mitgegeben hat, habe ich trotz allem seinem Werk nicht schlecht geholfen. Vielleicht habe ich alles getan, was ein Menschenwesen vermag. Zweimal habe ich ein Heim aufgebaut», sagte sie zu mir, «indem ich deinem Vagabunden von Großvater von einem Ende des weiten Landes bis zum anderen gefolgt bin. In Manitoba habe ich noch einmal all das begonnen, was ich dort in Quebec geschaffen hatte und von dem ich glaubte, es sei für immer: ein Haus. Das ist Arbeit», vertraute sie mir an. «Ja, ein Haus, eine Familie, das ist so viel Arbeit, daß man den Eindruck hätte, vor einem hohen Berg zu stehen, sähe man nur ein einziges Mal alles zusammen vor sich; und da würde man sagen: aber der ist ja unüberwindbar!»

Sie wurde gewahr, daß ich ihr zuhörte, Anastasia fest an mein Herz gedrückt. Sie dachte vielleicht, daß all dies mein Verständnis übersteige; und in der Tat ging es über meine Begriffe, dennoch behielt ich einiges. Sie fuhr fort:

«Das nämlich ist das Leben, wenn ihr es wissen wollt», und ich wußte nicht, zu wem sie sprach, «ein Berg von aufgebürdeten Pflichten. Glücklicherweise sieht man ihn nicht von Anfang an, sonst würde man sich vielleicht nicht daran wagen. Man würde aufbegehren. Aber der Berg zeichnet sich erst ab, wenn man ihn ersteigt. Und schließlich: soviel Arbeit man in seinem Leben auch erledigt hat, so bleibt doch genausoviel für die anderen nach einem. Das Leben ist eine niemals beendete Arbeit. Wenn man dann schließlich zum Helfen nicht mehr gut genug ist, wenn man in eine Ecke zur Ruhe verwiesen wird, ohne zu wissen, was man mit seinen zehn Fingern anfangen soll, weißt du, was dann geschieht?» fragte sie mich, und ohne eine Antwort abzuwarten, belehrte sie mich: «Nun, man langweilt sich zu Tode; vielleicht vermißt man die Pflichten; kannst du das verstehen?»

«Nein», sagte ich.

Da schien sie ungeheuer erstaunt, mich so aufmerksam zu ihren Füßen zu finden.

«Du bist ärgerlich, nicht wahr?» fragte ich sie.

«Kümmere dich um deine Angelegenheiten», sagte sie. Doch einen Augenblick später, zu ihren Träumen zurückgekehrt, sagte sie mir, über wen sie sich so ärgerte.

«Dein Großvater Elisée hat mir mitgespielt, indem er als erster ging, ohne auf mich zu warten; dieser Abenteurer, mich allein zu lassen in der Fremde, in den Ländern des Westens.»

«Manitoba ist nicht die Fremde», sagte ich, «es ist unsere Heimat.»

«Dazu alle aus seinem Geschlecht», fuhr sie fort, «du wie die anderen, unabhängig, gleichgültig, Vagabunden, jeder will seinen eigenen Weg gehen. Und auch Gott! Denn wirklich», sagte sie, «er läßt zu viele unverständliche Dinge geschehen, die uns quälen, was die Priester auch sagen mögen, die ihm – als sei das selbstverständlich – recht geben.»

Auf diese Weise murrte sie noch, als ich, schon halb eingeschlafen, an ihre Knie gelehnt, meine Puppe im Arm, meine Großmutter voll Zorn im Paradies ankommen sah.

In meinem Traum überließ Gottvater mit seinem langen Bart und finsterer Miene seinen Platz Großmutter mit ihren klugen, klarblickenden Augen. Von da an war sie es, die, in den Wolken sitzend, für die Welt Sorge trug und weise und gerechte Gesetze erließ. Und so befand sich die arme Menschheit auf Erden wohl.

Für lange Zeit hielt ich an dem Gedanken fest, daß ein Mann ganz sicher nicht die Welt erschaffen haben konnte. Vielleicht aber eine alte Frau mit unendlich geschickten Händen.

II

Nachdem einige Zeit vergangen war, begann meine Mutter sich schließlich doch ständig große Sorgen um meine allmächtige Großmutter zu machen.

«Schwierig, wie sie ist, kann ich es nicht mehr ertragen, sie allein in ihrem einsamen, kleinen Haus zu wissen. Während sie die Falltür zu ihrem Keller öffnet, könnte sie hinunterfallen und dort mit verrenkter Hüfte, wer weiß wie lange, liegenbleiben, bevor es jemandem auffiele, sie nicht mehr aus ihrem Haus gehen zu sehen.»

Ich wunderte mich über ihre dauernde Besorgnis. Ich nehme an, daß ich Großmutter für unverletzlich gehalten hatte.

An einem Tag war es eine Ahnung, die Mutter gehabt hatte, an einem anderen ein

Traum, in dem sie Großmutter gesehen hatte, die aus der Tiefe eines Brunnens nach ihr rief.

Eines Morgens schließlich erhob sich Mutter, entschlossen, noch am selben Tag ihre Mutter aufzusuchen und mitzubringen, um sie von nun an bei uns zu haben. Ich freute mich schon, wenn ich an die schönen Näharbeiten dachte, die ich unter meinen Augen würde entstehen sehen, wenn Großmutter erst bei uns wäre.

Doch Mutter kam unverrichteter Sache zurück.

«Ratet einmal, womit ich sie beschäftigt fand?» fragte sie uns bei ihrer Rückkehr, bevor sie noch ihren Hut abgesetzt hatte, aber schon saß, um uns von ihrem Mißerfolg zu berichten, so daß sie aussah, als ob sie in ihrem eigenen Haus auf Besuch wäre.

«Wenn ich nur daran denke! Zu dieser Jahreszeit, wo der Boden noch feucht und kalt ist, stellt euch vor, war sie auf ihrem

Feld, das sie ihre Prärie nennt, um umzugraben.»

Ich fand das nicht so erschütternd. Jedes Jahr um diese Zeit hatte man Großmutter in der Tat die Erde umgraben sehen, und ich vermutete, daß sie es gern tat.

«Nun hat sie also auch dieses Jahr noch den großen Garten in Angriff genommen», sagte Mutter scheinbar wütend. «‹Nach allem, Maman›, fragte ich sie, ‹findest du, es hat Sinn, daß eine alte Frau für sich allein soviel Gemüse anpflanzt, um eine ganze Provinz zu ernähren?›»

Daraufhin habe Großmutter eine Antwort gegeben, die mir typisch für sie schien: «Ihr wärt vielleicht froh, etwas von meinem Gemüse zu haben.» Dann noch etwas Ähnliches wie: «Das geht nur mich etwas an...», wie Mutter uns erzählte, indem sie Großmutters Stimme nachahmte, um danach in ihrer eigenen zu sagen: «Mir scheint, daß das auch mich etwas angeht...»

Auf diese Weise konnte man sich ziemlich genau vorstellen, was vorgefallen war, denn Mutter besaß das Talent, eine lebhafte Unterhaltung zwischen zwei oder drei Personen wiederzugeben.

«‹Hört doch auf, euch meinetwegen so viele Sorgen zu machen›», erzählte meine Mutter, hätte ihre Mutter zu ihr gesagt, worauf die meine der ihren geantwortet habe: «‹Ah, jetzt soll man sich nicht einmal Sorgen machen!›» Ich hatte so viel Vergnügen an solchen Erzählungen, daß ich gar nicht gewahr wurde, wie traurig diese im Grunde war.

«Es ist unglaublich, wie alt sie geworden ist», sagte Mutter. «Ich beobachtete sie bei ihren Beschäftigungen, und auf einmal habe ich es gemerkt. Es ist seltsam, offenbar begreift man nicht, daß unsere Eltern Tag für Tag, Jahr für Jahr altern. Dann findet man sich plötzlich vor dem Unabänderlichen.»

Das war es also; da ihre Mutter gealtert

war, nahm meine Mutter nun selber eine alte Miene an und begann zu weinen.

Wie seltsam jedoch: Um uns ihre alte Mutter anschaulich darzustellen, schien es, daß Mutter sie uns zuerst jung erscheinen lassen mußte.

«Wißt ihr, daß sie zu ihrer Zeit für eine sehr schöne Frau galt?»

Nein, wir wußten es nicht!

«... mit glänzenden Augen und einer Fülle von pechschwarzem Haar. Und was für ein Gang! Und erst ihr Gedächtnis! Genau wie in ihren Schubladen, alles an seinem Platz, in einer vollkommenen Ordnung, die Daten, die Namen, jede Begebenheit an ihrem Ort.

Sie war ein bemerkenswerter Mensch», sagte Mutter.

«Und jetzt?» fragte ich, indem ich vor allem an die Schubladen dachte.

«Ein Beispiel», sagte Mutter: «Zweimal am selben Tag hat sie mich gefragt, in welchem Jahr ich geboren sei und welches Alter ich wohl habe.»

Ich fand das nicht so furchtbar, da ja Großmutter mich selber oft genug danach hatte fragen müssen: Wie alt bist du? Sogar nach meinem Namen, was mich, wie ich gestehe, ein wenig gegen sie aufgebracht hatte. Nein, was mich am meisten verwirrte, war Mutter selbst, ihr wechselnder Gesichtsausdruck: traurig und zärtlich, wenn sie von der jungen Großmutter sprach, dann schließlich nur noch traurig und niedergedrückt. Ich verstand fast nichts mehr von den Veränderungen eines Menschen im Verlauf seines Lebens, wie sie ein anderer in Erinnerung hat. Eine alte Großmutter, die vielleicht noch ein wenig älter wurde, konnte ich gelten lassen, nicht aber eine Großmutter mit lebhaftem Gang, glänzenden Augen und dichtem schwarzem Haar. Vermutlich glaubte ich, daß Großmutter immer alt gewesen war.

Mutter kam in ihrer Erzählung zu dem Augenblick, wo sie Großmutter hatte verlassen müssen, widerwillig zwar, aber was sollte man machen! Eigensinniger denn je, fand sich ihre Mutter noch nicht bereit, ihr Anwesen, ihr «Werk» aufzugeben. Sie schien zu glauben, daß noch zehn Lebensjahre vor ihr lägen. Es sei denn, daß sie vom Gegenteil überzeugt war und nun nach ihrem Gutdünken ausnutzen wollte, was ihr noch davon verblieb.

«Und ich», fragte Mutter, «kann ich an zwei Orten zugleich sein, hier, wo man mich braucht, und dort, vielleicht genausosehr?»

«Nein», antworteten wir der Mutter, um sie zu trösten; «niemand kann an zwei Orten zugleich sein.»

Sie dankte uns mit einem Lächeln. Was sie am meisten aufbrachte, gestand sie uns, war der Eindruck, die Großmutter dennoch fast besiegt zu haben.

«Versteht ihr, ich war schon fast aus der

Tür, ich zog meine Handschuhe an. Der Morgen war grau und ohne Leben. Das Land ist dort – wie ihr wißt – zu Beginn des Frühlings genauso kahl wie im Herbst. Es fällt einem schwer, zu glauben, daß das Leben dort jemals wieder erwacht. Hätte ich in diesem Augenblick das richtige Wort gefunden, ich hätte geschworen... Die Axt saß schon locker im Stiel, davon bin ich überzeugt. Aber da erschien am Himmel ein Vogelzug, und eure Großmutter richtete den Kopf wieder auf. Das war es, was ich am meisten gegen mich hatte: diesen verdammten Frühling, die kleinen Körner in der Erde, ihr Pfefferkraut, ihre Petunien, die kurz vor dem Durchbruch seien, wie sie sagte. Trotzdem sah sie mich nicht ohne Furcht abreisen.

‹Kommst du bald wieder?›

‹Ja, Maman, aber du mußt nicht zu eigensinnig sein. Bald ist es an dir zu kommen.›

‹Wir werden sehen... wir werden sehen...› sagte sie und versuchte, so gut sie vermochte, ihre Schwindelanfälle und ihr Taumeln zu verbergen. Von der Schwelle aus betrachtete sie die kahle Ebene vor sich, über die sie sich ihr ganzes Leben lang beklagt hat, indem sie sagte, daß es zum Sterben langweilig sei, daß sie sich nie an sie gewöhnen würde, daß sie nie ihre Heimat werden würde… und ich frage mich dennoch, ob das, was sie heute so stark dort festhält, nicht gerade die Ebene ist, ihre alte Feindin, oder die sie zumindest für ihre Feindin hielt…»

III

Es schien mir, daß vom nächsten Tag an der schöne Herbst da sei. Damals machte er mich nicht traurig. Die Tage waren kurz, oft düster, aber wir unterhielten im Haus ein schönes Feuer, wir aßen Kürbistorte, schälten Haselnüsse und Maiskolben. Auch legten wir Tomaten zum Reifen auf die Fensterbänke, und an manchen Tagen erfüllte sich das ganze Haus mit dem Geruch von Eingemachtem, das in großen Töpfen auf niedrigem Feuer kochte. Man hörte die Holzsäge im Hof singen; ihr Gesang auf zwei Tönen, hoch, dann tief, wenn sie sich in das Holz fraß, schien mir fröhlich zu versprechen: «Ich schneide euch schöne Scheite, für den ganzen Winter schöne Scheite.» Während der ganzen Zeit füllte sich das Haus mit Vorräten wie ein segelfertiges Schiff oder eine Stadt, die einer Belagerung entgegensieht: Sauerkraut, Ahornsirup aus Quebec, rote Äpfel aus Britisch-Kolumbien, Pflaumen aus Ontario. Bald begannen auch unsere Onkel vom Land Vorräte zu schicken: fette Gänse und Truthähne, Dutzende Hühner, Schinken und gesalzenen Speck; Kisten voll frischer Eier und Landbutter. Hatten wir etwas nötig, brauchten wir nur in unsere Sommerküche zu gehen, die nun einem Laden glich, wo der Frost unseren Vorrat konservierte. Das waren die Freuden des Herbstes; sie beruhten auf dem Überfluß und einem Gefühl von Sicherheit, das ich vielleicht schon erkannte. Dennoch schien Mutter, die den Herbst immer so geliebt hatte und die sich ganz den notwendigen Beschäftigungen widmete, ihm böse zu sein. Man hätte meinen können, daß sie ohne Freude, ja mit einer bestimmten Traurigkeit alles anhäufte, während ihre Gedanken unaufhörlich bei ihrer Mutter weilten: «Auch sie», sagte sie, «hat nun ihre Gurken und Kürbisse ernten müssen. Auch sie wird soviel wie möglich eingemacht haben. Aber wozu! Wozu nützt ihr all diese Arbeit, arme Alte?» Und der Gedanke streifte mich, daß es in der Tat traurig sein mußte, die Schränke gut gefüllt zu haben, die Speisekammer brechend voll, den Keller vom Geruch großer Kohlköpfe erfüllt, auf den Regalen Johannisbeermarmelade, überall zu essen zu haben, sich nur bedienen zu müssen.

Die Tage wurden noch kürzer, und das gefiel mir immer mehr. Wie alle Kinder dieses Landes wartete ich auf den Schnee; ich träumte, daß er während meines Schlafes in schnellen Flocken falle und diese schöne, so reine weiße Welt für mich bereite, die ich am liebsten zu haben glaubte, obwohl dann im Frühling, wenn sie sich in tausend kleine, unruhige Bäche verwandelte, ich auch das mehr als alles andere zu lieben vermeinte.

Mutter, die ebenfalls immer den Winter

geliebt hatte, wie übrigens alle Jahreszeiten, begann eines Morgens, während sie aus dem leicht vereisten Fenster blickte, zu klagen:

«Der Winter ist schon da! Wie traurig!»

Und am selben Tag noch reiste sie ab, um – wie sie sagte – dem Baum noch einen anderen Schlag zu versetzen. Damit wollte sie ausdrücken, daß sie alle ihre Kräfte aufbieten würde, um Großmutters Willen zu erschüttern.

Zwei Tage später hatten wir ausgesprochen schlechtes Wetter; ich müßte eher sagen: herrlich schlechtes Wetter, denn ich hatte das reinste Vergnügen daran, dem Schnee zuzusehen, wie er anschwoll, in die Höhe wirbelte, um hoch am Himmel in immer wechselnden Figuren herumzufliegen, die halbwegs lebendig schienen, denn mir war, als ob sie vor lauter Glück über ihre Befreiung durch den Sturm aufjauchzen würden. Wie ich so am Fenster stand, fasziniert vom Tanz der Schneeflocken, sah ich am Ende der Straße eine ziemlich alte Frau aus dem Tram steigen, die einer anderen, noch viel älteren herunterhalf; beide waren dunkel gekleidet, und die jüngere trug einen Koffer und einen altmodischen Regenschirm. Ich werde nie vergessen, wie schwarz meine Mutter und die ihre sich an jenem Abend gegen die blendend weiße Landschaft abhoben.

Kaum hatte sie ihrer Mutter geholfen, sich des «Kapuzenschals» und des «Pilgerumhangs» zu entledigen – Großmutter gebrauchte bis zuletzt einen anderen Wortschatz als wir –, führte Mutter sie zu einem großen alten Sessel, den sie aufgepolstert hatte; sogar schon vor Großmutters Ankunft hatte sie uns verboten, uns dort hinzusetzen, indem sie sagte:

«Das ist ihr Sessel. Laßt ihr wenigstens ihren Sessel.»

Trotzdem schien Großmutter nicht besonders zufrieden zu sein.

«Glaubt ihr denn», sagte sie, «daß ich Lust habe, mein Leben von nun an sitzend zu verbringen?»

«Aber nein», sagte Mutter, «du kannst kommen und gehen, ganz wie bei dir.»

«Wie bei mir!» wiederholte Großmutter, indem sie ein wenig fassungslos um sich blickte. «Bilde dir nur nicht ein, daß ich dauernd hier bleiben werde.»

Was uns seit diesem Tag am meisten erstaunte, war Mutters Verhalten. Sie, die bis dahin ihrer Mutter die Stirn geboten hatte, stimmte nun fast immer mit ihr überein.

«Du bleibst, so lange du willst, Maman.»

Uns aber sagte sie, daß Großmutter, während sie ihren Koffer packte, mit unbeteiligt scheinender Miene ihren «Schatz» auf seinem Boden verborgen hatte.

Unter ihrem Schatz verstand Großmutter ihre feinste Bett- und Leibwäsche, an der sie einen Teil ihres Lebens gearbeitet hatte und die sie für eine Zeit aufhob, die «kommen würde». Um welche Zeit konnte es sich handeln? Und warum hatte Großmutter so lange gewartet, bis sie schließlich von ihrem «Schatz» Gebrauch machte? Aber natürlich taten die alten Leute aus jener Zeit nichts auf dieselbe Art wie wir heute.

Was mich anbetrifft, so begeisterte mich der Winter sehr; ich hatte so viel zu tun: Wälle bauen, Schneehügel aufrichten, Schlitten fahren, fast bis in die Nacht hinein, da ich als Beleuchtung vorn am Schlitten eine Laterne aus einer alten Konservenbüchse befestigt hatte, die die Kerzenflamme schützte und das Licht durch einen Spalt hindurchließ; oh, ich hatte so viel zu tun, daß ich kaum merkte, was von Tag zu Tag aus Großmutter wurde. Mit vor Kälte geröteten Wangen und glänzenden Augen kam ich von meinen Spielen erfüllt heim und sah im Hintergrund der Küche eine alte Frau sitzen, deren Augen alle unsere Gänge mit einem seltsamen Ausdruck verfolgten. Ich versteifte mich auf die Idee, daß das nicht meine wahre Großmutter sei, die Mutter an jenem Winterabend mit sich gebracht hatte. Sie mußte sich geirrt und jemand anders mitgebracht haben. Denn meine wahre Großmutter hätte niemals ohne Arbeit sein können. Sie hatte immer gesagt, daß Nichtstun sie töten würde.

Eines Tages jedoch wurde sie ärgerlich und verlangte nach Arbeit.

«Arbeit?» sagte Mutter. «Hast du nicht genug davon in deinem Leben gehabt?»

Sie gab ihr aber einige Servietten zum Säumen.

Und die uralte Frau, die bei uns in ihrer Ecke saß, begann den Stoff zu prüfen, untersuchte seine Widerstandsfähigkeit, indem sie ihn von allen Seiten spannte, um schließlich zu erklären, daß er weit von der Qualität dessen entfernt sei, was sie zu ihrer Zeit gewebt hatte.

Übrigens befühlte sie jetzt dauernd unsere

Stoffe, die, aus denen unsere Kleidung gemacht war, die Vorhangstoffe und die Wäsche im Haus. Sie machte sich darüber lustig, nannte es Tand. Wenn man ihr glaubte, war alles in unserem Haus billiger Tand aus dem Kaufhaus. Manchmal, bei gewissen Worten, wurde ich aufmerksam, weil ich Großmutters Stimme zu vernehmen glaubte.

Aber sofort danach war es nur mehr ein unverständliches Gemurmel, und ich kehrte zu meiner Idee von den vertauschten Personen zurück.

Die Servietten machten kaum Fortschritte, und die alte Frau setzte es sich in den Kopf, lange schwarze Strümpfe stricken zu wollen, die schon fast kein Mensch mehr trug. Als sie bei der Ferse angelangt war, verwirrten sich die Maschen, und sie schimpfte über die Wolle von heute, die sich nicht glatt stricken lasse. Heimlich trennte Mutter einen Teil des Strumpfes auf, um ihn dann bis zu der Stelle zu stricken, wo ihre Mutter aufgehört hatte.

Diese merkte es dennoch und beklagte sich, daß während der Nacht Wichtelmänner ihre Strickerei durcheinandergebracht hätten. Mir verschlug es die Sprache; ich hatte seit langem aufgehört, an Wichtelmänner zu glauben. Mutter erklärte mir, daß dieser Glaube aus Großmutters Kindheit stamme und daß ein solcher Glaube gewöhnlich in sehr hohem Alter wiederkehre.

Das schließlich verwirrte mich zweifellos völlig: daß man nämlich in Hinblick auf Großmutter gleichzeitig von Alter und zweiter Kindheit sprach. Ich war immer noch nur zur Hälfte davon überzeugt, daß es wirklich sie war, die bei uns wohnte. Doch ich begann, sie näher zu beobachten. Es war ihr kaum mehr verblieben als ihre Sprache, wenn man das noch Sprache nennen konnte. Mutter behauptete, wir gäben uns nicht genug Mühe, Großmutter zuzuhören, und wir würden es später bedauern, auf die letzten Äußerungen eines Lebens nicht besser geachtet zu haben, es handle sich hier um etwas Ähnliches wie um einen wertvollen Schatz, der einem im Laufe des Lebens nur selten geboten werde.

Eines Tages, da beide sich allein glaubten, hörte ich sie dann sich diese Art von Schatz mitteilen, und alles, was ich vernahm, war:

Mutter: «Wenn man in dein Alter kommt, Maman, wie erscheint einem dann das Leben?»

Großmutter: «Wie ein Traum, meine Tochter, nicht viel mehr als wie ein Traum.»

An einem anderen Tag hatte Mutter ihre Arbeit beiseite gelegt, um sich neben Großmutter zu setzen und ihr aus nächster Nähe zuzuhören, indem sie den Bewegungen ihrer Lippen folgte; sie warf uns einen Blick zu, der traurig und triumphierend zugleich war.

«Wißt ihr, was sie mir gerade gesagt hat?» Denn nun schien es, als brauchte Großmutter zwischen sich und uns einen Dolmetscher, und niemand eignete sich besser für diese

Rolle als Mutter. «Sie hat zu mir gesagt: ‹Eveline, erinnerst du dich an den kleinen Fluß, der Assomption hieß?›»

Ein Fluß namens Assomption! Was für ein Fluß war das, von dem ich zum erstenmal in meinem Leben sprechen hörte?

«Ein kleiner Fluß in den Bergen, wo sie geboren ist», erklärte Mutter. «Ich wußte nicht, daß sie soviel daran gedacht hatte. Aber versucht doch einmal zu verstehen, dieser Fluß ist ein Teil der Jugend eurer Großmutter, weit von hier, in Quebec.»

Was sollten wir verstehen? Der Fluß, der Assomption hieß, ging noch hin! Ich konnte ihn mir schließlich irgendwie vorstellen; ein hübscher, munterer Fluß, hätte man gesagt, der manchmal schnell dahinfloß, sich dann plötzlich Zeit nahm, träge in den Buchten zu verweilen. Aber diese anderen Dinge: die freimütige Rede, die Furchtlosigkeit, der stolze Blick, einstmals Großmutter zu eigen, wo waren sie, und wie hatte sie deren Verlust zulassen können, wenn das – wie man sagte – das bessere Teil war?

Ich spielte jetzt mit weniger Hingabe. Oft kehrte ich ohne Grund ins Haus zurück, um zu sehen, was dort geschah, und um einen Blick auf die alte Frau zu werfen, die immer mehr dahinschwand.

Ich weiß nicht, wie es dazu gekommen war, daß wir in ihrer Gegenwart über sie sprachen. Mutter bat uns, aufzupassen.

«Sie versteht uns vielleicht noch. Auf jeden Fall folgt uns ihr Blick, und vielleicht richtet sie uns.»

Eines Abends, als Mutter ihr beim Zubettgehen half, griff ihre Mutter nach ihrer Hand und zog sie zu sich nieder, um nahe an ihrem Ohr zu klagen.

«Zu nichts mehr gut… nur zur Last… würde gern gehen.»

«Gehen! Aber ja, Maman, an einem der nächsten Tage gehen wir. Wir alle gehen.»

War das wirklich meine Großmutter, die ich einmal in kindlicher Naivität für Gottvater gehalten hatte oder zumindest für eine seiner besten Helferinnen, die jeden Tag ihres Lebens damit verbracht hatte, auf Erden der menschlichen Not abzuhelfen. Ich begann zu verstehen, daß nur Er allmächtig war; warum aber hatte Er es nötig, uns – wie Mutter sagte – manchmal so vollkommener Hilflosigkeit auszusetzen? Meine einstmals so arbeitsame Großmutter war nun vom Kopf bis zu den Füßen gelähmt, einzig ihre Augen waren noch lebendig. Wenigstens behauptete das Mutter, die uns versicherte:

«Ich bin sicher, daß sie noch bei Bewußtsein ist. Arme Seele, wir sollten versuchen, sie noch zu erreichen.»

Sie allein fand allerdings den Weg dazu. Sie hielt sich bei dieser unbeweglichen, in Decken gehüllten Gestalt auf, die sie noch immer «Maman» nannte; und ich empfand es seltsam, meine Mutter – die mir selber schon alt erschien – jemanden, der nicht einmal mehr allein essen und trinken konnte, mit diesem Kinderwort anreden zu hören. Ich weiß nicht, was für eine Verwirrung im Hinblick auf die Zeit, die Kindheit und das Alter, von mir Besitz ergriff; und es schien mir, daß ich das alles nie begreifen würde. Es war fast, als ob Mutter für ein kleines Kind Sorge trüge, aber fragt man ein kleines Kind oder sagt zu ihm: «Dein Gewissen ist ruhig, nicht wahr? Du hast alle deine Pflichten getan. Sei ohne Furcht!»

Manchmal bemerkte sie mich, da ich nun dauernd um sie herum war, als ob ihre Aufgabe nicht schon schwierig genug gewesen wäre, und sie versuchte, mich sanft zu entfernen: «Geh hinaus, geh spielen.» Und ich sah ihre Augen sich mit Mitleid füllen, für mich sowohl wie vielleicht für alle Menschen, so, als ob Mutter gegenwärtig für jedermann von Mitleid erfaßt wäre, und jedermann schien mir auf einmal des Mitgefühls bedürftig.

Selten genug gelang es ihr, mich hinauszuschicken. Viel mehr als von meinen gewöhnlichen Spielen war ich von dieser neuen Art Spiel angezogen, dem meine Mutter sich hinzugeben schien, indem sie neben ihrer eigenen Mutter saß und Fragen stellte – ein seltsames Fragespiel, in dem es fast nie eine Antwort gab:«Möchtest du nicht ein wenig essen? Eine gute Hühnerbrühe, die ich nur für dich gemacht habe?»

Manchmal schlossen sich ihre Augen. Ich selber glaubte, daß es aus Überdruß wegen der vielen Fragen geschehe, aber nach Mutter bedeutete es: Ja; und sie beeilte sich, zufrieden darüber, noch etwas für jemanden tun zu können, derjenigen, wie sie sagte, die so viel für sie getan hatte.

Meistens jedoch blickten die Augen starr. Und in eine so weite Ferne! Mutter betrübte sich darüber.

«Es muß doch etwas geben, was ihr Freude machen würde. Aber was?»

Was ihr Freude machen würde?... sagte ich mir. Was kann ein Mensch wünschen, der nur noch seine Augen zu verlieren hat? Etwas zu sehen, ohne Zweifel. Aber was?

Eines Tages, als ich an Großmutters Zimmer vorbeikam, in dem sie für einen Augenblick ganz allein war, trat ich schüchtern ein. Zuerst hielt ich mich von ihrem Bett entfernt, schaute auf andere Dinge, zum Beispiel auf die schönen Spitzenvorhänge, die Mutter vor kurzem endlich aus ihrer Schublade geholt hatte. Sie und Großmutter waren sparsame Frauen. Sie warteten sehr lange, wie mir schien, bis sie von ihren kostbaren Dingen Gebrauch machten. Schließlich wagte ich einen Blick in die Gegend von Großmutters Bett. Ich begegnete ihren Augen. Sie waren noch schön und von lebhaftem Braun; sie schienen mich näher zu sich zu rufen. Ich glaube, daß ich in dem Augenblick endlich verstand, daß das da doch meine wahre Großmutter sein mußte. Ich flüsterte, als ob ich dessen noch nicht so ganz sicher wäre, oder weil ich vielleicht ein wenig Angst hatte. Ich flüsterte: «Großmuttchen.»

Dann dachte ich daran zu fragen, wie es Mutter tat: «Hast du Hunger? Hast du Durst?» Aber es schien mir bald, als könne Großmutter sich nicht mehr für diese Dinge interessieren und daß ihre Wünsche, sofern sie noch welche hatte, ganz anderer Natur wären.

War es aus dem Grund, daß Mutter so oft davon gesprochen hatte, den Baum zu erschüttern, als ihre Mutter ihr noch widerstand; jedenfalls erinnerte Großmutter mich in dieser Stunde wirklich an eine arme alte Eiche, die, getrennt von den anderen, allein auf einer kleinen Anhöhe stand. Vielleicht ist mir aus dieser Zeit jene andere, seltsame Idee verblieben, daß nämlich auch die Bäume in gewissem Sinn zu beklagen sind, eingeschlossen in ihrer harten Rinde, die Füße in der Erde festgehalten, unfähig davonzugehen, wenn sie es wollten. Aber wer kann schon davongehen, wie er möchte! Ich träumte, nun da ich neben Großmutter saß, ich träumte von Bäumen, glaube ich. Da bot sich mir ein einzigartiges Schauspiel dar. Ich vermeinte, in der Ebene junge Bäume zu sehen, die vielleicht von dem alten Baum auf der Anhöhe abstammten; aber sie sangen im Tal mit allen ihren Blättern. Ich glaube, dieses Bild gab mir die glänzendste Idee ein. Ich lief in die gute Stube, um das Photoalbum zu holen. Es war ein großes Buch, in grünen Samt gebunden, mit einem goldenen Schloß. Das Buch fest an meine Brust gedrückt, stieg ich wieder nach oben. Ich setzte mich neben das Bett. Ich blätterte die Seiten um.

Fast auf jeder Seite stieß ich auf jemanden, der – wie man sagte – zu Großmutters Nachkommenschaft gehörte. Ich hielt ihr das Buch unter die Augen. Ich sagte:

«Du hast aber einen Haufen Verwandte, Großmuttchen. Schau!»

Dann machte ich mich daran, die Namen herzusagen, brachte jeden – soweit ich es konnte – mit einem Gesicht aus dem Album in Verbindung, da ich mich erinnerte, daß sie schon vor zwei Jahren, als ich bei ihr war, Mühe gehabt hatte, sich zwischen ihren Enkeln zurechtzufinden. Auf diese Weise, glaubte ich, würde Großmutter sich gut an alle, die ihr angehörten, erinnern können.

Es war ein schöner Zeitvertreib, und ich war mit Eifer bei der Sache. Ich hoffte, niemanden zu vergessen und vor allem auf hundert zu kommen, eine Zahl, vor der ich damals ungeheure Ehrfurcht hatte. Aber würde es mir gelingen? Vielleicht, wenn ich die Toten dazurechnete... Hatte man aber das Recht dazu? Ich glaubte nicht. Ich wußte nicht, was der Tod war. In meinen Augen handelte es sich um ein Weggehen, um eine Abwesenheit. An einem Tag waren die Menschen da… an einem anderen waren sie es nicht mehr… Und schließlich gab es unter den Toten in dem Album einige, die ich gar nicht gekannt hatte. War es also notwendig, sie zu erwähnen? Dennoch, je mehr Namen ich Großmutter nennen konnte, desto mehr würde sie sich – wie mir schien – von ihnen umringt fühlen. Und hier, beim Umblättern der Seiten, fand ich sie, noch jung, neben ihrem Mann und zwischen ihren Kindern sitzend, die einen hinter ihr stehend, die Jüngsten zu ihren Füßen auf dem Boden. Dieses alte Bild faszinierte mich so vollkommen, daß ich alles übrige vergaß. Auf Grund des Bildes, glaube ich, begann ich schließlich ein wenig vom Leben zu verstehen, alle diese aufeinanderfolgenden Wesen, die es aus uns macht, je älter wir werden. Ich hob die Augen von dem Album und verglich das Bild mit der lebenden Person. Da gab es nicht mehr viel Ähnlichkeit. Das Buch auf dieser Seite geöffnet, ging ich Großmutter ihr Bild zeigen, dem sie nicht mehr glich. Ich sagte zu ihr:

«Damals warst du schön.»

Haben ihre Augen nicht ein wenig aufgeleuchtet? Es schien mir so... Da aber bemerkte ich Mutter auf der Zimmerschwelle. Sie war geräuschlos heraufgekommen und mußte mir schon eine Weile unbeweglich zugesehen und zugehört haben. Sie lächelte mir leise, traurig und sehr zärtlich zu.

Doch warum schien sie so zufrieden mit mir zu sein? Ich hatte doch nichts anderes getan als gespielt, wie sie selbst es mich gelehrt hatte, wie auch Großmutter einst mit mir gespielt hatte... wie wir alle vielleicht das ganze Leben hindurch miteinander spielen, in dem Versuch, uns zu begegnen.

Der alte Mann und das Kind

I

Lange Zeit war ich über den Tod meiner Großmutter untröstlich. Doch dann kam ein außergewöhnlicher Sommer. Wie zum Trost für den Verlust machte ich die Bekanntschaft eines sanften, wunderbaren alten Mannes.

Er wohnte nicht weit von uns in einer kleinen, leicht abfallenden Straße, wohin ich gern mit meinen Rollschuhen oder meinem Reifen lief; dort bewegte sich alles viel schneller als anderswo – meine Rollschuhe, mein Reifen, ich selber, der Wind um meine Ohren. Das machte mir Spaß.

Niemand vor mir hatte entdeckt, daß diese kleine Straße ein wenig abfallend war; ich konnte aber nie jemanden überzeugen, es mir zu glauben.

An dem Tag, da ich dem Alten begegnete, ging ich nicht sehr schnell. Im Gegenteil – mühsam kam ich auf Stelzen daher. Warum wollten wir Kinder damals so hoch auf diese Stangen steigen? (Unser Land war flach wie eine Hand, trocken und ohne Hindernisse.) Wollten wir weit in die hügellose Ebene hinaussehen?... Oder noch weiter, in die Zukunft?...

Ich kam also nur schwer auf dieser kleinen, sonnenheißen Straße voran, die bewegungslos und verschlafen dalag. Man hätte denken können, daß es nichts Lebendiges mehr gab als den alten Mann, der die ganze Zeit aufrecht auf einem Stuhl saß, auf einem schmalen Rasenstück im Schatten eines Ahornbäumchens – übrigens der einzige Baum, den es in dieser Straße gab, so daß man ihn auch besser kannte als alle anderen Bäume in der Stadt.

Der Alte sah mich schon von weitem, ich war ja gut sichtbar auf meinen Stelzen; und von da an schien Leben in ihn zu kommen.

Er verfolgte meinen Gang, war mit seinen guten, kleinen, hellblauen Augen zugegen, verfolgte jeden Schritt und zeigte sich um mich besorgt.

Ich kam heran.

Da geschah es – wie so oft im Leben, wenn man es zu gut machen und in den Augen eines aufmerksamen und wohlwollenden Zuschauers Lob ernten will –, daß ich stolperte und der Länge nach auf die Straße hinfiel.

Wie groß war die Bestürzung, die sich auf dem Gesicht des Alten abzeichnete! Er eilte herbei. Er half mir, aufzustehen und den Staub aus dem Kleid zu schütteln; er untersuchte die Wunde, die ich mir am Knie geschlagen hatte, zeigte Besorgnis, aber nicht zuviel. Er wußte den Mut und die Tapferkeit zu würdigen. Sobald er festgestellt hatte, daß die Verletzung nicht schwer war, lobte er die Anstrengung, die ich gemacht hatte.

«Nicht jedermann würde versuchen, auf

Stelzen zu laufen. Dazu braucht man Behendigkeit und Schneid. Man muß auch jung sein.»

«Als Sie klein waren», und das schien mir schon tausend Jahre her, «haben Sie es da versucht?» fragte ich ihn.

«Nein», antwortete er, «aber ich habe so getan, als ob ich hinkte und Krücken haben müßte.»

Von diesem Augenblick an betrachtete ich ihn wie einen Bruder. Ich selber hatte an manchen Tagen eine schöne Strecke absichtlich hinkend zurückgelegt. Von nun an konnten wir über fast alles in einem Ton sprechen, der uns nie mehr voneinander trennen würde.

«Heiß», sagte ich zu ihm und wischte mir den Schweiß von der Stirn.

«Sehr heiß», gab er zurück, «vor allem, wenn man auf Reisen ist.»

Er wußte also schon, daß ich auf Reisen war, in die Ferne, in ein fremdes Land.

«Auf Wiedersehen», sagte ich, «ich muß den andern nach.»

Er zog seine Uhr hervor, warf einen Blick darauf, schnalzte leise mit der Zunge, während seine Züge erschrecktes Erstaunen ausdrückten:

«Es ist wahr, es ist schon spät, Sie haben gerade noch Zeit, gerade noch Zeit...»

Am nächsten Morgen war ich früh auf und lief, so schnell ich konnte, in die kleine Straße. Als ich um die Ecke bog, sah ich den Alten schon im Schatten des Ahornbaums sitzen. Ich stellte mich an den Zaun.

«Sie stehen früh auf», sagte ich.

«Ja, sehr früh. Das muß man, wenn man alt ist, oder jung. Es sind die Leute zwischen zwei Lebensaltern, die am längsten im Bett bleiben. Wir, die ganz Jungen und die ganz Alten, haben keine Zeit dazu, nicht wahr?»

«Keine Zeit.»

«Du bist heute zu Fuß?»

«Ja, zu Fuß, denn ich gehe weit.»

Er schien nicht im geringsten von dieser Logik überrascht.

«Wer bist du heute?» fragte er mich.

Er wußte also schon, daß ich oft nicht nur ich selber war. Im Augenblick, da man zu mir sprach, konnte ich der Chinese von der Wäscherei sein, der vorbeikam, um die schmutzige Wäsche abzuholen, oder der alte italienische Straßenhändler. In diesem Fall konnte man es gewöhnlich daran erkennen, daß ich überall mit einem meiner Meinung nach italienischen Akzent ausrief: Banania, Banania... Ich konnte mich auch in eine Prinzessin verwandeln. Aber heute stellte ich etwas so Außerordentliches dar, eine so große Persönlichkeit, daß ich nicht mehr an mich halten konnte und ausrief:

«La Vérendrye. Ich bin La Vérendrye.»

«Oh! la la! Das ist wirklich ein großer Mann, dieser Monsieur La Vérendrye. Der größte Erforscher Kanadas! Und wenn ich mich nicht irre, dann sind es wenigstens hundert Jahre her, seit man ihn hier nicht mehr gesehen hat.»

«Mindestens hundert Jahre... und ich muß jetzt alle Länder im Westen entdecken, bis zu den Felsengebirgen», sagte ich. «Wenn man mich nicht unterwegs tötet, werde ich noch vor heute abend für den König von Frankreich vom Westen Besitz ergreifen.»

«Na, das ist eine gute Idee», stimmte mir der Alte zu, «als erster hinzugehen und noch vor den Engländern alle diese Länder unter unserer Fahne zu vereinigen. Glückliche Reise, glückliche Reise!» wünschte er mir.

Ich verabschiedete mich von ihm.

Da fragte er mich:

«Wenn Sie Erfolg haben, wenn das Abenteuer glücklich ausgeht, kommen Sie dann vielleicht wieder hier vorbei?»

«Aber ja», sagte ich, «ich komme wieder an diesem Ort vorbei und werde Ihnen Bericht erstatten.» Diesen Ausdruck hatte ich von meinem Vater, und ich liebte ihn so sehr, daß ich ihn so oft wie möglich anbrachte.

«Denn sehen Sie, Monsieur La Vérendrye, ich für meinen Teil bin über das Alter der großen und beschwerlichen Reisen hinaus», sagte der Alte zu mir. «Ich werde kaum noch in eigener Person die Landschaften und Schauspiele, die diese Welt zu bieten hat, erleben können. Aber wenn Sie sie mir beschreiben, dann wird es sein, als ob ich sie gesehen hätte.»

«Ich komme wieder.»

«Ganz bestimmt?»

«Ganz bestimmt...», und ich lief, so schnell ich konnte, auf ein Eichenwäldchen zu, das am Ende der kurzen Straße lag, dort, wo sich ein Stück unbebautes Land befand.

In dem kleinen Eichenwald suchte ich nach Eicheln und tat so, als ob ich mich mit etwas beschäftigte. In Wahrheit wollte ich nur einige Minuten verstreichen lassen, denn Entdeckungen brauchen doch eine gewisse

Zeit. Über die Geschichte, die ich daraus machen würde, zerbrach ich mir den Kopf nicht im geringsten; ich verließ mich auf meine Fähigkeiten zur Improvisation. Aber dann geschah es, als ich mitten unter den kleinen, dunklen Baumen saß, daß ich mich plötzlich langweilte und nicht mehr wußte, was ich eigentlich hier wollte und wozu ich hergekommen war. In der Tat wurde ich in jenem Sommer oft mitten in meinen Spielen von der Erinnerung an meine Großmutter heimgesucht, so, wie ich sie in ihrem Sarg hatte liegen sehen, das Gesicht hart wie Stein, umgeben von Leuten, die mit einem Ton in der Stimme beteten, daß es mir ins Herz schnitt. Ich weiß nicht, was für eine flüchtige, vorüberhuschende Ahnung in meiner Seele auftauchte, die nichts erhellte, nichts erklärte und die mich trotzdem jedesmal ein wenig mehr beunruhigte. Ohne Zweifel hatte ich doch nicht vollständig begriffen, daß wir alle so enden, daß dies das letzte Bild auch des geliebtesten Menschen ist; aber in ihrer Nähe hatte ich geahnt, daß ich selbst irgendwo ein altes faltenreiches Gesicht besaß. War das der Grund, diese Art Vorahnung, die ich von ihrem nahen Verschwinden hatte, der sie mir so teuer hatte werden lassen? Warum fühlten sich sonst die alten Leute alle zu mir hingezogen? Wäre es vielleicht ganz natürlich, daß die kleinen, kaum geformten Hände sich mit den alten, abgearbeiteten Händen verbinden?...

Nach zehn, höchstens fünfzehn Minuten kam ich von den Felsengebirgen zurück. Ich stand wieder am Zaun.

«Ich habe sie gesehen», verkündete ich mit glänzenden Augen, als ob ich am Horizont der Prärieprovinz Manitoba plötzlich ihr wunderbares, verträumtes Massiv erblickt hätte.

Der Alte richtete sich auf; er hatte ein Nickerchen gemacht. Seine Augen glänzten so lebhaft wie ein aufloderndes Feuer.

«Ist es möglich! Sie sind also so weit gegangen? Und Sie haben die Felsengebirge gesehen? Das müssen Sie mir erzählen.»

Ich erzählte von den hohen Bergen, die über die Telegraphenmasten emporragten, von den Büffelherden auf dem Weg, und auch, wie ich tagelang Hunger und Durst gelitten hatte.

«Das erstaunt mich gar nicht», antwortete der alte Mann. «Wenn man sich auf eine so gefährliche Entdeckungsreise begibt! Hatten Sie wenigstens die nötigen Schutzmaßnahmen getroffen... Und ist es dort auch so heiß?»

«Noch schlimmer, wenn das überhaupt möglich ist. Nach zehn Tagen Wanderung habe ich in einer Ebene einen Haufen ausgedörrter Gebeine gefunden. Tiere und Menschen sind dort umgekommen. Man erstickt, und überall die Erde, die sich zu Staub wandelt.» Das hatte ich aus einem meiner Bücher: Was siehst du, Schwester

Anne? – Nur die Erde, die sich zu Staub wandelt.

Und schließlich fragte ich: «Was heißt das: die Erde, die sich zu Staub wandelt?»... und der alte Mann erklärte es mir.

II

Alle sagten damals, daß man niemals, aber auch wirklich niemals in Manitoba einen heißeren und trostloseren Sommer erlebt habe. Dennoch scheint es mir, daß ich während meiner Kindheit von jedem Sommer genau dasselbe gehört habe. Wir armen Leute, kaum waren wir aus dem harten Winter heraus, kamen wir in eine Art Backofen, in dem wir geröstet wurden, als ob man uns jetzt dafür bestrafen wollte, daß wir es gewagt hatten, uns vorher über das kalte Wetter zu beklagen. Ihr habt gefroren, ihr seid vor Kälte fast erstarrt, sagte der Sommer, nun gut, jetzt mögt ihr fühlen, wie es ist, wenn einem heiß ist.

Mein guter Alter unter dem Baum hatte, vertrocknet und mager, wie er war, vielleicht weniger darunter zu leiden, aber er litt dennoch und versuchte, sich mit seiner gefalteten Zeitung ein wenig Wind zuzufächeln.

Trotzdem erschien er – selbst wenn er nur vom Haus bis zum Baum ging oder ein wenig weiter, um ein paar Schritte auf der Straße zu machen – immer gepflegt und sauber, als ob er sich die ganze Zeit zum Empfang eines hohen Besuches bereithalten müsse, der, wie er mir gesagt hatte, von einem Augenblick auf den andern kommen könne. Daß es für ihn einmal einen Besuch geben könnte, für ihn, der immer so allein in dieser stillen Straße saß, erstaunte mich. Aber der Alte hatte mir wirklich anvertraut, daß er, obwohl er schon lange vergeblich auf ihn gewartet habe, sich immer sauber und bereithalte, denn mit großer Wahrscheinlichkeit würde der Besuch unversehens auftauchen.

So habe ich ihn weder unter dem Baum

noch anderswo jemals nachlässig gekleidet gesehen. Sein Hemd war immer zugeknöpft, seine Krawatte gebunden; er trug eine Jacke aus schwarzem Tuch, und von Zeit zu Zeit glätteten seine alten Hände mit den hervortretenden Adern die Falten seiner Hose. In seinem weißen Bart konnte man die Spur sehen, die ein Kamm mit auseinanderstehenden Zinken hinterlassen hatte. Anscheinend hielt er auch gern seine Ohren sauber. Ich entsinne mich einer kleinen, häufigen Geste: er steckte das Ende seines kleinen Fingers hinein und schüttelte ihn. Hinzu kommt, daß er von morgens bis abends einen sehr eleganten, alten, weißen Strohhut mit einem schwarzen Band trug, den er «auf den Inseln» gekauft hatte, wie er mir sagte.

Eines Abends, als es ein wenig kühler war, wenigstens meinte es meine Mutter, sah man in unserer Straße den alten Mann daherkommen, so wie ich ihn gerade beschrieben habe, nur hielt er einen Spazierstock in der Hand. Er ging langsam, aber aufrecht, den Kopf erhoben, als wenn der Tau, der an diesem Abend die Blumen unseres Gartens die Köpfe aufrichten ließ, ihn auch ein wenig verjüngt hätte.

«Aber das ist doch Monsieur Saint-Hilaire», rief Mutter aus. Und sie fragte: «Wie geht es Ihnen, Monsieur Saint-Hilaire?»

Da erst bemerkte ich, daß er etwas schwerhörig war. Mit einem freundlichen Lächeln gab er zurück:

«Ja, ein kleiner, frischer Wind...»

«Und Ihre Kinder?» erkundigte sich die Mutter. «Geht es ihnen gut?»

Diesmal verstand sie der Alte.

«Ja, gut», sagte er.

Nach den letzten Nachrichten wenigstens, die er erhalten hatte und die nicht mehr ganz neu waren, ging es ihnen gut.

Während dieses Gesprächs tat ich, als erkenne ich meinen alten Freund nicht mehr so recht. Warum das? Warum habe ich ihm vielleicht weh getan, dem Alten, der mit den Augen blinzelte, der mich unter den andern, die auf der Holzveranda saßen, mit den Augen suchte und der vielleicht nur bis vor unser Haus gekommen war, um mich wiederzusehen. Wahrscheinlich geschah es aus Eifersucht. Vielleicht auch, um das ganze Geheimnis, das ganze Mysterium unseres Bundes zu wahren. Aber eins ist sicher: ich haßte seine Schwiegersöhne und Schwiegertöchter, von denen meine Mutter sprach. Ich hatte mir vorgestellt, daß der alte Mann nur mich auf der Welt hätte und daß ich alles für ihn sei.

Als er sich ein wenig entfernt hatte, stieß meine Mutter einen Seufzer aus.

«Armer Monsieur Saint-Hilaire», sagte sie, «nachdem er eine Familie durchgebracht hat, steht er jetzt fast allein auf der Welt.»

Ich vernahm an jenem Abend, daß er

nicht bei seiner zärtlich geliebten Tochter wohnen konnte wegen ihres Mannes, mit dem er einige «Zusammenstöße» gehabt hatte, auch nicht bei seinem Sohn, weil er sich mit dessen Frau überworfen hatte. Aus diesen Gründen hatte er sich bei Fremden einquartieren müssen.

«Vielleicht ist es unter diesen Umständen die beste Lösung», meinte Mutter, «da der arme Mensch so sehr auf seinen Meinungen beharrt und, wie man hört, wegen seines kurzangebundenen und autoritären Wesens nicht sehr umgänglich ist.»

Alles in mir empörte sich gegen die Mutter. Glaubte sie etwa, daß ich den Mann, den sie da beschrieb, als meinen guten, alten Monsieur Saint-Hilaire anerkennen würde?

«Er ist ganz jung von Frankreich herübergekommen», fuhr sie fort, indem sie durchblicken ließ, daß seine französische Herkunft seine bizarren Ideen erklären konnte, ebenso sein vielleicht schwierig zu ertragendes Verhalten, was übrigens das einzige war, was Mutter an ihm interessierte. Er hatte sich in Kanada verheiratet, sagte sie, einen Hausstand gegründet und ein ganz rundliches Vermögen erworben, indem er Nudeln und andere Teigwaren fabrizierte. Seine Kinder, die im Luxus aufgewachsen waren, hatten ihn fast um sein ganzes Vermögen gebracht. Als vorsorgender Franzose hatte er sich trotzdem für seine alten Tage eine kleine Rente zurückgelegt. «Aber was für ein Unterschied», schloß sie, «zwischen dem Monsieur Saint-Hilaire von damals, dem Herrn und Meister in seinem Haus, und diesem kleinen Alten, der ganz allein in der Dämmerung spazierenging, als suchte er jemanden...»

Die letzten Worte brachten mich in Verwirrung. Ich dachte an den Besuch, den er seit so langer Zeit erwartete und der vielleicht in dem Augenblick an seine Tür gekommen war, als er ausgegangen war. Vielleicht hatte er ihn nun meinetwegen verpaßt. Aber alles andere, was Mutter von Monsieur Saint-Hilaire sagte, wies ich als unwahrscheinlich zurück. Es konnte nicht sein, daß er ein schwieriger Alter war und daß er früher mit «Nudeln» ein «rundliches» Vermögen erworben hatte. Keines dieser Worte gefiel mir. Und vor allem, wie konnte ein Vermögen rund sein?

Natürlich erwachte am nächsten Morgen die Hitze wieder mit dem Tag. Man mußte sehr früh aufstehen, denn im Bett hielt man es nicht mehr aus, so heiß brannte die bleierne Sonne. Man konnte auch erst spät am Abend schlafen gehen, denn die Hitze nahm nur allmählich ab. Auf diese Weise schliefen wir zu wenig und waren alle mehr oder weniger gereizt.

Was für ein seltsames Land war das unsrige, von dem man sagt, es sei kalt! Und es ist wahr, oft konnte man sich nicht genug mit Wollsachen und Pelzen bedecken. Auch jetzt hatten wir es schlechter als andere, die Zunge hing uns zum Halse hinaus, und wir suchten schattige Winkel auf, waren sie auch noch so klein.

Jeden Morgen, sobald sie auf die Veranda trat, ohne das Thermometer für ihre Prognose zu Hilfe zu nehmen, nur auf Grund des heißen Lufthauchs, verkündete meine Mutter mit mutloser Stimme:

«Heute werden wir 98 Grad Fahrenheit haben, vielleicht 99.»

An jenem Morgen erwähnte sie die Zahl 100, die ich befriedigender fand als 99.

Sie sah mich mit sorgenvoller Miene an.

«Wenn ich dich nur aufs Land schicken könnte», sagte sie.

Natürlich träumte ich davon. Haben wir in Manitoba nicht schließlich immer von etwas anderem geträumt als von dem, was wir gerade hatten: im harten Winter von der Zeit, da die Sonne schien; und wenn diese unerträglich geworden war, von dem vielen

Schnee, der Kühlung brachte. So haben wir dort gelebt, wohl so, wie es alle Menschen tun, die auf Erden nicht mit der Gegenwart zufrieden sind, sondern auf die Zukunft hoffen oder das Vergangene herbeisehnen. Und dem Himmel sei gedankt, daß es trotz allem rechts und links von uns diese zwei offenen Türen gibt.

Trotzdem setzte uns vielleicht die Hitze weniger zu als die Trockenheit. Alles verkümmerte, alles starb. Ein einziger kurzer Regenguß hätte dem Grün in den Gärten wieder zum Leben verholfen. Dennoch war zuviel Regen gefallen, damals, als er nicht hätte fallen dürfen, nämlich zur Zeit der Kornsaat; und jetzt, da der Regen das, was trotzdem gewachsen war, hätte retten können, kam er nicht, der wolkenlose Himmel ließ keine Hoffnung aufkommen.

Betrübt suchte ich den Alten auf. Damals fehlte mir jeglicher Einfall für neue Spiele. Die Gedanken hingen in meinem Kopf wie die kleinen dürren Blätter an den Bäumen. Später im Leben habe ich diesen unerquicklichen Zustand oft erlebt, und nichts ist mir so unerträglich gewesen, selbst Kummer hat mich nicht so niedergedrückt wie diese Gefühllosigkeit, oder sollte man besser sagen: diese Gleichgültigkeit unserer Gedanken uns selbst gegenüber.

Das Ahornbäumchen erhob sich so starr über dem Alten wie ein Sonnenschirm im Garten. Sicherlich ist ein Baum, der einen Sonnenschirm darstellt, schön, aber schöner ist ein Baum, der mit der Sonne und den Winden lebt und ohne Unterlaß, als wenn er tausend Finger hätte, spielerisch die Blätter bewegt – vielleicht, um hinabzublicken. Ich paßte auf, ob sich das Laub nicht ein wenig öffnen würde, um durch eines dieser schönen, kleinen Löcher das Blau erkennen zu lassen. Es rührte sich nicht. Der Alte in seinem Schatten war der einzige, der in dieser unbeweglichen Luft geräuschvoll atmete.

Er legte die Hand auf meine Stirn, denn ich saß zu seinen Füßen auf dem gelbgewordenen Gras. Das war die erste zärtliche Geste, die er sich erlaubte.

«Du glühst», sagte er mitleidig.

Ich sah in sein Gesicht, das wie ein altes, vor Trockenheit geborstenes Stück Land war; in einer einzigen Furche lief ein kleines Rinnsal Schweiß hinunter; ein Nichts an Feuchtigkeit für dieses alte vertrocknete Land.

«Sie auch», sagte ich mitleidig. Er sah mit seinen scharfsichtigen und gütigen Augen auf mich nieder. Er fragte mich:

«Wie kommt es, daß du nicht auf dem Land bist? Du siehst ein bißchen schwach und mager aus. Dir täten fette Milch und frische Luft gut. Hast du niemanden auf dem Land, der dich aufnehmen könnte?»

«O doch», sagte ich, «ich habe viele Verwandte auf dem Land.»

«Na und?»

«Das ist es ja eben!» sagte ich und hob in einer sonderbaren Geste der Verzweiflung die Arme in die Höhe. Das hatte ich einer meiner Tanten abgeguckt, die fast andauernd über alles sehr betrübt war.

Diese Gebärde ließ mich so alt erscheinen, daß Monsieur Saint-Hilaire lachte, als sei es die ungereimteste Darbietung, der er jemals beigewohnt hätte.

«Warum: das ist es ja eben?»

«Das ist es ja: meine Mutter hat diesen Sommer kein Geld gefunden.»

«Deine Mutter ‹findet› also das Geld», unterbrach mich der Alte.

«Manchmal, wenn wir es sehr nötig brauchen.»

«Und sie findet es… indem sie es sucht?»

«Natürlich nicht», sagte ich und lächelte ein wenig. Ich stellte mir plötzlich meine Mutter vor, wie sie mit einer Laterne in der Hand in dunklen Winkeln suchte. «Nein, sie sucht nicht danach, aber manchmal findet sie Geld. Nur diesmal nicht. Und es kostet ziemlich viel, um mich mit dem Zug aufs Land zu schicken, wo wir unsere Verwandten haben», erklärte ich. «Wir haben Glück, wir haben mehrere Onkel, die Bauern sind. Mutter hatte gehofft, daß der eine oder andere zu Beginn der Ferien mit dem Auto in die Stadt käme, der Geschäfte wegen; ich hätte die Gelegenheit ausnutzen können, um mit ihm zurückzufahren. Das hätte keinen Pfennig gekostet und wäre sehr günstig gewesen. Aber niemand ist gekommen. Und jetzt ist es zu spät, jetzt sind sie mit der Drescherei beschäftigt. Sie kommen erst wieder für die Wintereinkäufe. Für diesen Sommer ist alle Hoffnung gestorben.»

«Na, na, na, man darf niemals sagen, daß die Hoffnung tot ist. Hoffnung stirbt nicht.»

«Nein», sagte ich, ein wenig fröhlicher, «sie stirbt nie?»

«Jedenfalls nicht, soviel ich weiß.»

Es mußte richtig sein, da er, der es ja am besten wissen mußte, es mir bestätigte.

Er fragte weiter:

«Das Land deiner Onkel, wie ist es denn?»

«Oh, es ist schön!»

«Nanu, so schön?»

Ich liebte dieses Thema sehr, es verhalf mir fast immer zu der besten Note in meinen Schulaufsätzen.

«Das Land meiner Onkel», begann ich und holte tief Atem, als ob ich viele Dinge sagen wollte, mir leider aber in diesem Moment bewußt wurde, daß mir die Worte zur Beschreibung dessen, was ich liebte, noch fehlten... Aber trotzdem fuhr ich fort: «Das Land dort ist höher als hier. Die Hoheit», versuchte ich zu erklären...

«Die Höhe», verbesserte der Alte.

«... die Höhe», nahm ich wieder auf, «die Luft dort ist gut. Sie ist frisch. Wenn ich zu meinen Onkeln komme, esse ich doppelt soviel als hier, und alles schmeckt mir.»

Ich überlegte einen Augenblick, das Kinn in die Hand gestützt. Mit Vergnügen erinnerte ich mich an den hübschen, jungen Espenwald, der das Haus meines Onkels Cléophas umgab und dessen leises Rauschen alle Sommertage dort erfüllte. Als ich zum erstenmal das Rauschen gehört hatte - am Morgen, als ich aufstand –, rief ich aus: «Es regnet», worauf man über die kleine Städterin lachte, die noch nicht das Geräusch des Regens von dem ziemlich ähnlichen der zarten Blätter zu unterscheiden vermochte, die beim leisesten Windhauch in Bewegung geraten. Man sagte mir: «Aber nein, im Gegenteil, das Wetter ist schön; es ist nur der Wind in den Espen.» – «Aber es weht doch gar kein Wind.» – «Doch, ein wenig, in den Espen... hör nur hin...»

Ich muß in der Erinnerung an all dies gelächelt haben, denn der Alte bat mich, ihm zu sagen, woran ich dachte. Ich wollte es ihm eben sagen und ihm von dem schalkhaften Wäldchen erzählen, das mir jeden Sommer, obwohl ich jetzt schon daran gewöhnt sein müßte, denselben Streich spielte, indem es mich glauben ließ, daß es regne. Aber plötzlich besann ich mich anders, weil eine andere Erinnerung in mir aufstieg, und so erzählte ich ihm vom Korn.

Wenn man nämlich aus diesem Wäldchen meines Onkels herauskam, stand man vor einer unendlichen weiten Ebene, die fast ausschließlich ein Erntefeld war. So wußte man nie, was man bei meinem Onkel mehr liebte: den Espenwald, der uns Schutz gewährte, uns als Versteck diente und uns das Gefühl gab, zu Hause zu sein, oder die große, weite Ebene, die zur Reise einlud.

Trotzdem hatten beide, wie mein Onkel sagte, ihren Liebreiz; in dem einen fanden wir Erholung vom andern.

«Weißt du», sagte ich, «daß mein Onkel fast eine Quadratmeile Kornfeld besitzt?»

«Das ist sehr viel.»

«Das ist sehr viel, und wenn das Korn hoch und kräftig ist, spielen wir darin Verstecken. Ich werde fast nie gefunden.»

«Das glaube ich», erwiderte der Alte, dessen Miene ein wenig traurig wurde; «aber», sagte er, «wenn man so in dem schönen Kornfeld herumläuft, zertrampelt man es dann nicht?»

«Ein wenig... und mein Onkel erlaubt es ja auch nicht immer. Aber das macht nichts.»

Denn wenn das Korn seine volle Höhe erreicht hatte, brauchte ich nicht mehr darin herumzulaufen, um glücklich zu sein. Beim leichtesten Wind geriet nämlich dieses Kornmeer in eine leise Wellenbewegung. So genügte es mir, winzig klein am Rande dieses Gewoges stehenzubleiben, es zu betrachten und dem Rauschen zuzuhören.

Ich stieß einen Seufzer aus.

Auch der Alte seufzte.

Wahrscheinlich seufzten wir beide auf,

weil wir erstaunt waren, uns plötzlich auf dem nackten Rasen in unserem engen Winkel wiederzufinden.

«Nach dem, was du da sagst, muß das Land deines Onkels wirklich sehr schön sein», stimmte mir der Alte zu. «Aber müßte es da nicht vielleicht noch Wasser geben? Gibt es das wenigstens an irgendeiner Stelle?»

«Wasser?»

Ich suchte in meinen Erinnerungen.

«Denn während der Hundstage», sagte der Alte, «wenn die große Hitze kommt, dann sieht man das Wasser gerne.»

Die Hundstage, dachte ich, entzückt über das neue Wort, das ich vernahm. Bei meinem Alten lernte ich jeden Tag etwas Neues.

«Es gibt dort einen Brunnen», sagte ich.

«Ja natürlich, der Brunnen...»

Ich dachte weiter nach.

«Es scheint mir, daß wir alle, die ganze Familie meines Onkels, eines Tages in dem alten Ford losgefahren sind, um in der

Gegend von Manitou-Saskatoon Beeren zu pflücken; es ist mir, als hätte ich da vielleicht einen See gesehen.»

«War es auch sicher ein See?» fragte der Alte. «War es nicht vielleicht ein fließendes Wasser?...»

«Vielleicht nur ein fließendes Wasser.»

«Wie groß war etwa die Oberfläche?»

«Die Ober... was?»

Dann glaubte ich zu verstehen.

«Oh, sie war so groß wie von hier bis zur andern Straßenseite.»

«Dann war es also nur ein Fluß. Hast du niemals den Winnipeg-See gesehen?» fragte er.

«Nein, nur in der Geographiestunde davon gehört. Haben Sie ihn gesehen?»

«Als ich jung war», sagte der Alte, «bin ich fast jeden Sommer hingereist, nur um ihn zu sehen.»

«Das muß lange her sein.»

Der Alte schloß die Augen.

«Das ist lange her.»

«Und hat sich seitdem der See nicht verändert?»

Er lächelte gütig.

«Ein See verändert sich nicht. Wenigstens nicht im Laufe eines Menschenlebens... selbst nicht während mehrerer Generationen.»

«Oh, so wenig verändert er sich? Er muß sehr alt sein.»

«Aber nein, im Gegenteil, er bleibt immer jung.»

«Ah!»

«Die Welt ist jung», belehrte er mich.

«Ah!»

Ich konnte mich nicht genug darüber wundern, da ich doch so oft den Ausdruck gehört hatte: so alt wie die Welt.

«Und wie ist er», fragte ich, «der Winnipeg-See?»

«Das ist schon etwas!» murmelte der Alte. «Das ist wirklich etwas.»

«Ist er sehr groß?»

«Er ist ganz unerhört groß.»

«Wenn man an einem Ende steht, kann man dann das andere Ende sehen?»

«Nein, eben nicht», sagte der Alte, «man kann nicht von einem Ende zum andern sehen; es ist zu weit.»

«Weit», wiederholte ich träumerisch als Echo... «Und das ist alles nur Wasser?»

«Nur Wasser.»

«Nichts als Wasser?»

«Nichts als Wasser.»

«Und ist das schön, soviel Wasser?»

«Ich frage mich, ob ich jemals etwas Schöneres gesehen habe.»

«Und spricht dieses Wasser, singt es, sagt es etwas?»

«Ja», sagte der Alte, zufrieden über meine Frage. «Dieses Wasser spricht, wie du es so schön ausdrückst, es singt und erzählt ohne Unterlaß, obwohl man nichts Deutliches verstehen kann, wie wenn Leute sprechen.

Und es ist besser zu schweigen, wenn man den See verstehen will.»

«Ohne Unterlaß, ohne Unterlaß!»

«Ja, ohne Unterlaß, denke ich. Es ist ein wenig wie deine unendlichen Kornfelder, mein Spatz. Hast du sie jemals vollkommen ruhig gesehen?»

«Fast nie.»

«Es ist dasselbe mit dem Wasser. Bei der geringsten Liebkosung durch den Wind gerät es in Bewegung, bildet kleine Wellen, tanzt und plätschert unter der Sonne.»

«Es wäre schön, wenn man jetzt dort sein könnte», sagte ich.

«O ja, es wäre schön!»

Dann sagten wir nichts mehr; mit ausgetrockneter Kehle, abgestumpft durch die Hitze, sahen wir in unseren schmerzenden Kopfen kleine, klare Wasserwellen auf- und niedertanzen.

III

An jenem Morgen ging meine Mutter für einen Augenblick auf die Veranda hinaus, kam aber sofort wieder zurück.

«Das ist ja furchtbar», sagte sie. «Heute werden wir bestimmt mehr als 100 Grad haben. Daß mir niemand aus dem Haus geht. Mittags machen wir uns belegte Brote und essen sie im Keller.»

Gewöhnlich entzückte mich dieses Abenteuer, das sich zwei- oder dreimal während des Sommers wiederholen konnte. Aber an jenem Tag hatte ich nur den Winnipeg-See im Kopf und wollte soviel wie möglich über ihn hören.

Ich setzte meiner Mutter so lange zu, bis ich sie davon überzeugt hatte, daß es für mich draußen besser als im Keller wäre, und sie ließ mich laufen, nachdem sie im Speicher einen alten Bauernstrohhut für mich aufgetrieben hatte, der mir so tief ins Gesicht hineinreichte, daß es fast ganz darunter verschwand. Auf diese Weise geschützt, lief ich zum Alten. Er und sein kleiner Baum schienen Teile eines Holzschnitts zu sein. Nichts, nichts rührte sich auf der Erde, auch nicht am Himmel. Selbst die Augen des armen alten Mannes schienen ausgetrocknet zu sein. Die alte, rissige Landschaft seines Gesichts zeigte nicht mehr die geringste Spur von Feuchtigkeit; wahrscheinlich hatte sie keinen Tropfen mehr herzugeben.

«Setz dich und bleib schön ruhig», riet er mir. «Diese Hitze ist groß genug, um alles umzubringen, außer vielleicht den Gedanken an Kühlung.»

Das war genau das, wovon ich ihn erzählen hören wollte.

«Hat der Winnipeg-See auch eine Ober... fläche?» fragte ich.

«Eine Oberfläche? Ja, natürlich. Er muß über zweihundert Meilen lang sein. Aber verlaß dich, was Zahlen und Statistiken anbetrifft, lieber nicht auf mich. Weißt du, wenn man alt wird, passieren einem die merkwürdigsten Dinge. Zum Beispiel erinnert man sich dauernd an ein bestimmtes rotes Kleid, das man einmal an jemandem gesehen hat; oder an einen Geranientopf, den man auf der Durchreise durch eine Stadt in einem Fenster bemerkt hat, und man weiß nicht mehr, welche Stadt es war; oder noch an ähnliche verrückte Dinge. Übrigens ist es lange her, daß die Zahlen meinem Gedächtnis entschwunden sind...»

Ich lachte, denn ich stellte mir eine ganze Zahlenreihe vor, die mit großer Geschwindigkeit den Kopf meines lieben Alten verließ und zu laufen und in der Luft herumzuspringen begann. Dann rief ich aus:

«Zweihundert Meilen! Das ist kaum auszudenken! Das ist viel weiter als bis zu meinen Onkeln. Man könnte einen ganzen Tag lang auf dem See fahren und trotzdem nirgends hinkommen...»

«In einem Ruderboot kommt man sicher nicht weit. Und selbst in einem Motorboot...»

Wie am Tag zuvor hockte ich zu seinen Füßen. Zwischen den gelben und spärlichen Grashalmen füllte ich meine Hand mit Erde, die fein und staubig wie Sand war, und ließ sie durch meine Finger rinnen.

«Es scheint», erzählte ich ihm, «daß es in Saskatchewan noch schlimmer ist als hier. Die ganze Erde ist zu Staub geworden wie diese hier», und ich zeigte ihm die, die ich in der Hand hatte. «Sie fliegt mit dem Wind davon. Saskatchewan wird sich in eine Wüste verwandeln», wiederholte ich mit ernsthafter Stimme, so wie ich es hatte sagen hören.

«Eine Wüste, vielleicht.»

Ich hatte indessen meinen ländlichen

Strohhut aus dem Gesicht geschoben, da ich im Schatten saß. Der Alte streckte seine Hand aus und ergriff eine Strähne meines Haares, die er betrachtete, als sei es etwas ganz Seltenes.

«Ich frage mich...», fing er an, dann besann er sich offenbar anders, ging zu einem anderen Thema über, das vielleicht mit dem ersten verwandt war, denn er konnte mit denselben Worten beginnen. «Ich frage mich», sagte er, «was deine Mutter von mir hält.»

Ich sagte es ihm sofort, ohne jegliche Scheu oder Verlegenheit.

«Oh, sie denkt, daß Sie ein korrekter alter Herr seien, aber mit starrköpfigen Ideen.»

Es war das erste Mal, daß ich ihn so lachen hörte, wie es die erwachsenen Leute tun, ein bißchen boshaft und mit einer Menge von Hintergedanken.

«Deine Mutter hat gar kein schlechtes Urteil.»

Am andern Tag begann er wieder mit seinem seltsamen Satzanfang: Ich frage mich… und hörte dann auf.

Erst beim dritten Anlauf sprach er es aus:

«Ich frage mich, ob dich deine Mutter mir für einen ganzen Tag anvertrauen würde. Wir würden den Zug nehmen. Wir würden uns den Winnipeg-See ansehen.»

Sofort war ich auf den Beinen; ich hüpfte herum wie ein Fohlen.

«Nun, nun, sei vorsichtig, freue dich nicht zu schnell», sagte der Alte. «Wenn deine Mutter nicht einverstanden ist, was würdest du dann tun, mein kleiner Spatz?»

Was ich tun würde? Es war, als ob ich plötzlich sieben oder acht Stockwerke hinunterfiele. Aber wie hatte ich mich auch in so kurzer Zeit in solche Höhe versteigen können?

«Siehst du», sagte er. «Man muß nicht zu schnell emporsteigen. Man muß nicht sofort zum ‹Ich hab' es schon› überspringen. Das ist schlecht fürs Herz, kleines Mädchen. Zuvor muß man ein wenig nachdenken.»

«Aber ich will mit dir zum See fahren», rief ich aus, schon fast in Tränen.

«Ja, ich weiß», sagte der Alte. «Ich selber denke ja seit einer Woche nur noch daran. Wir sind ein schönes Gespann. Aber es ist trotzdem eine ganz schöne Reise. Wir könnten erst nach Einbruch der Dunkelheit zurückkommen. Ich habe mir die Fahrpläne angeschaut; es gibt keine andere Möglichkeit; der Zug von Winnipeg-Beach kommt erst gegen elf Uhr hier an. Andererseits», träumte er, «macht deine Mutter den Eindruck einer Person mit Einfühlungsvermögen, die über engstirnige Regeln und vorgefaßte Urteile hinwegsieht. Sie macht den Eindruck einer Frau mit Eingebung...»

Mit diesem schönen, ein wenig unverständlichen Wort kam ich nach Hause gelaufen, stöberte Mutter im Keller auf, warf meine Arme um ihren Hals und schmeichelte ihr:

«Du bist eine Frau mit Eingebung.»

«Wirklich!» sagte sie.

«Mit Eingebung», rief ich, enttäuscht, daß sie sich über ein so seltenes Kompliment nicht erfreuter zeigte. Außerdem konnte ich nicht umhin, die Quelle anzugeben, weil ich dachte, daß sie dann den Wert des Kompliments erfassen würde. «Es ist wahr, Monsieur Saint-Hilaire hat es nämlich gesagt.»

Meine arme Mutter! Ich hatte gar nicht daran gedacht, daß sie ja den Winnipeg-See auch noch nicht gesehen hatte, obwohl er gar nicht so weit von unserer Stadt entfernt war; aber wie hätte sie, die für uns sorgte, auch nur einen Tag lang den immer lebendigen Sehnsüchten ihrer Seele nachgeben können, dieser großen Sehnsucht nach dem Wasser, den Ebenen, den weiten Horizonten, die uns nie verlassen? Begann sie vielleicht nicht, sich bewußt zu werden, daß es schon spät für sie war, um ihre Wünsche zu erfüllen; und wenn sie nicht befriedigt werden, dann fühlen wir uns immer als Unvollkommene, als Sklaven einer tiefen Sehnsucht in uns. Aber sie war außerordentlich darauf bedacht, wenigstens für uns das zu erreichen, was sie in dieser Welt nicht besessen hatte.

Nach den ersten Worten, die ich sagte, spitzte sie die Ohren. So müde sie war, lächelte sie doch über meine außergewöhnliche Begeisterung.

«Der große Winnipeg-See, Mutter!»

Und wie fast immer, wenn sie mich anschaute, vergaß sie ihre eigenen Wünsche zugunsten der meinen.

«Wie klein und mager du bist», bemerkte sie, indem sie es vielleicht besser als je zuvor sah, gerade weil ich so lebhaft geworden war: ein großes Feuer aus kleinem Reisig, wie man von mir behauptet hat. «Armes Kind, du hast nicht viel von diesen Ferien gehabt.»

Und sie nahm ihr tägliches Klagelied wieder auf: «Wenn ich dich nur hätte aufs Land schicken können! Ich hätte es natürlich gekonnt, aber nur mit dem Geld, das anderswo nötiger gebraucht wird. Wie soll man auch wissen, was am wichtigsten ist.»

In ihre Gedanken versunken, achtete sie nicht auf das, was ich ihr mit soviel Zungenfertigkeit erzählte. «Aber der alte verwitwete Herr will doch gerade einen ganzen Tag mit mir am See verbringen.»

Danach ersetzte ich intuitiv den «alten verwitweten Herrn» durch «dieser gute Monsieur Saint-Hilaire».

Endlich hörte mir Mutter zu.

«Dieser Monsieur Saint-Hilaire», sagte sie mit einem Anflug von Eifersucht, «du hast nur diesen Namen auf der Zunge. Was hat er sich jetzt schon wieder ausgedacht, dieses alte Kind?»

Ich fing meine Verteidigungsrede wieder von vorn an. Ich weiß, daß ich mich schlecht ausdrückte, weil das Verlangen übermächtig war, aus Angst auch, es verkehrt anzufangen und ihm einen schlechten Dienst zu erweisen, denn ich hatte wohl gemerkt, daß das nicht zu den Dingen gehört, um die man alle Tage bitten kann. Aus Mangel an Geschicklichkeit versuchte ich es mit Gefühl.

«Mutter, der größte See von Manitoba... vielleicht von der Welt! Und ich soll ihn nicht gesehen haben! Ich soll sterben, ohne ihn zu sehen!...»

Mutter begriff endlich, ihre Augenbrauen zogen sich zusammen, die Augen blickten finster, trotzdem begann sie ein wenig über meinen schrecklichen Pessimismus zu lächeln.

«Dein ganzes Leben! Du hast noch dein ganzes Leben vor dir! Geh, du hast noch Zeit genug, um die Hoffnung aufzugeben...»

Dann trat ein kummervoller Ausdruck auf ihr Gesicht, wie ich ihn nur selten gesehen habe, obwohl sie so viele Sorgen hatte. Sie setzte sich auf einen Holzklotz, dort im dunklen Keller, neben dem großen Ofen, der jetzt natürlich kalt war. Es war trotz allem traurig und komisch zugleich, wie sie jetzt ein wenig Kühle neben diesem Ofen suchte, in dessen Nähe sich im Winter nur die Katze wagte, so heiß war er.

«Die beiden einen ganzen Tag zusammen», sagte sie zu sich. «Und erst in der Nacht nach Hause kommen...»

«Das ist wegen des Zuges», beeilte ich mich zu erklären.

«Wer hat diese Idee gehabt», fragte sie ein wenig streng. «Du?»

«O nein, nein, nein...»

Das besänftigte sie etwas. Mit meinen Fingern versuchte ich die kleinen Fältchen wegzuwischen, die ich plötzlich in den Winkeln ihrer Augen entdeckte.

«Das ist eines der ärgerlichsten Probleme, das mir je vorgekommen ist», sagte sie.

Meine schlechte Laune und die Furcht überfielen mich wieder.

«Ich sehe nicht, was daran ärgerlich sein soll!»

«Das verstehst du nicht...»

Ich sah, wie ihre Blicke zum Kohlenhaufen in der Ecke hinüberirrten, an den Dingen, die herumlagen, hängenblieben, an den Wintersachen: eine Schneeschaufel, zusammengebundenes Holz, eine Holzsäge. Sie hingen an all diesen Dingen, als wenn sie ihr eine Erleuchtung bringen könnten; dann verhärteten sie sich zu einer abschlägigen Antwort, besannen sich anders, wurden weich, ließen eine Zustimmung ahnen.

Ich saß wie auf glühenden Kohlen. Ich konnte dieses Hin und Her von Worten nicht mehr ertragen.

«Entscheide dich doch, Mutter. Es ist ja nur ein Tag.»

«Ich weiß nicht, was ich machen soll», gestand sie mir.

Da ich sie schwankend sah, hing ich mich an ihren Arm, dann schob ich sie ein wenig zur Seite, um mich neben sie auf den Holzklotz zu setzen.

«Mutter, der große Winnipeg-See, den ich in meinem ganzen Leben noch nicht gesehen habe!...»

Gewöhnlich lachte sie über mich, wenn ich so redete. Diesmal schien sie betroffen zu sein. Hatte sie sich an die Stelle des Kindes gesetzt, dessen Wunsch zur Qual wird? Oder hatte sie mich an die Stelle der erwachsenen Mutter gestellt, die den See vielleicht nie erblicken wird?

«Ich habe weder das Geld noch die Zeit, um dich an den See zu bringen», sagte sie anstelle einer Entschuldigung, als ob eine Entschuldigung auf jeden Fall nötig sei.

Dann schaute sie mich an, noch unentschlossen und – glaube ich – fasziniert, angezogen von der Vision des freien Wassers, die bis in die Tiefe des dunklen, modrigen Kellers hinabgestiegen war.

Wollte sie etwas vom See in meinen Augen

finden, wenn ich wiederkam? Oder dachte sie bei alledem hauptsächlich an den alten Mann, dem nicht mehr viel Zeit verblieb, den See wiederzusehen? Jedenfalls schien ihre Vorsicht zu verfliegen. Ihre Vorsicht, die sie manchmal mehr als andere Menschen – Gott sei Dank – vergessen konnte, um, wie sie sagte, der Torheit Raum zu geben.

IV

Früh am Morgen brachen wir auf; wir machten uns über die Hitze lustig, und, ohne uns um die Leute zu kümmern, die in der Stadt zurückblieben, wünschten wir heimlich, sie möge schrecklicher sein als je, denn so würden wir, nahe am See, seine langersehnte Frische genießen.

«Es wäre furchtbar», sagte der Alte zu mir, als wir am Bahnhof ankamen, «wenn sich ausgerechnet heute die Luft abkühlen und es vielleicht regnen würde. Aber ich glaube nicht», fügte er hinzu, «daß man uns diesen bösen Streich spielt. Irgend etwas sagt mir, daß heute diese gräßliche Hitzewelle ihren Höhepunkt erreicht. Vielleicht klettert das Thermometer auf 102 Grad. Aber wir am See werden kaum etwas davon merken.»

Wir setzten uns in den Zug, in dem der Alte mir den Fensterplatz zuwies, damit mir auch nichts von der Landschaft entgehen möge.

Ich trug mein rosafarbenes Organdykleid und eine große, weiße Schleife im Haar. Mutter hatte mir eingeschärft, nicht launisch zu sein und in keiner Weise dem alten Mann lästig zu fallen. Ich durfte ihn nicht verlassen, mir etwas zu kaufen. Ihm selber hatte sie ans Herz gelegt, meinen Launen nicht nachzugeben und mich nicht zuviel Eis und Popcorn essen zu lassen.

Im übrigen hatte sie uns frohen Mutes unserer geheimnisvollen Zärtlichkeit, die einer für den andern hegte, überlassen. Ihr Blick schien zu sagen: Ich bin verrückt, daran ist nicht zu zweifeln; es ist unvorstellbar, daß ich so verrückt bin, euch ziehen zu lassen.

Jedenfalls – da ich glaubte, die Absichten meiner Mutter wohl verstanden zu haben –

zeigte ich mich zu Beginn der Reise genauso besorgt um den alten Mann, wie er es um mich war.

Ich war entzückt, als der Zug anrückte. Aber es war nur ein Rangiermanöver. Noch fünf lange Minuten blieben wir im Bahnhof stehen. Ich rutschte auf meinem Sitz hin und her; vielleicht versuchte ich auf diese Weise, den Zug zum Abfahren zu veranlassen. Schließlich war es soweit. Sofort machte ich mich daran, den See zu erspähen, indem ich das Fenster nicht aus den Augen ließ.

Der Alte fing an, über meine Aufregung zu lachen.

«Beruhige dich», sagte er. «Ungeduld macht müde. Wenn du so weitermachst, wirst du schon erschöpft sein, bevor du den See gesehen hast. Dann wirst du ihm nichts mehr von dir geben können, ihm, der es doch so sehr verdient. Willst du in diesem Zustand am See ankommen?»

Nein, dachte ich. Im Gegenteil, ich muß meine Kräfte für den See aufsparen.

«Es sind noch fast zwei Stunden, bevor wir ankommen», sagte er. «Das mag lang erscheinen, aber du wirst sehen, es geht vorüber. Warte also bis zum See.»

Es gelang mir, nicht mehr mit den Beinen, Schultern und Armen zu schaukeln. Aber in meinem Innern fuhr alles fort, in Aufruhr und Bewegung zu sein. Mein Herz hüpfte wie ein kleines Tier im Käfig, das sehnsüchtig darauf wartet, daß man ihm die Türe öffnet. In seinem Verlangen läuft es nach allen Seiten, stößt überall an, ist unfähig, sich zusammenzunehmen und sich zu sagen: aber ja, die Tür wird bald aufgehen. Von Zeit zu Zeit preßte ich die Hand auf die Stelle, wo sich in mir so seltsame Dinge abspielten.

Der Alte verstand, daß ich so glücklich war, daß es schmerzte. Er lächelte mir mit einem Ausdruck unendlicher Geduld zu.

Er gestand, daß er in meinem Alter, wenn man einen Ausflug vorbereitete, mit demselben Ungestüm seine Kräfte verausgabt hatte, daß die Kinder sich in diesem Punkt alle gleich seien und daß das, genau betrachtet, doch erstaunlich sei.

«Warum fühlen diejenigen, die doch noch soviel Zeit vor sich haben, ein solches Bedürfnis, sich zu beeilen», fragte er mich.

Ich wußte es nicht. Alles, was ich wußte, war, daß es mir Spaß machte, mich zu beeilen.

«Die Berge und die Seen warten», sagte er; «sie bleiben auf der Stelle, sie müssen warten.»

Vielleicht, dachte ich, aber Mutter, die mit allergrößter Geduld gewartet hat, ist noch im Keller und betrachtet den Himmel durchs Kellerfenster. Zum erstenmal war ich nicht ganz derselben Meinung wie mein alter Freund. Wenn man sich nicht schrecklich beeilt, sagte ich mir, entgehen uns viele

Dinge, sogar diejenigen, die unbeweglich auf uns warten.

Wir fuhren durch einen traurigen kleinen Wald mit grauen, dürren Bäumchen; vielleicht waren es gar keine Bäume, sondern nur ein Gewirr von dichten Sträuchern, zwischen denen ab und zu ein paar Tannen standen und ein paar saftlose Fichten. Vielleicht handelte es sich auch um einen dieser Wälder, die einstmals von einem Buschfeuer zerstört worden waren und jetzt nur mühsam wieder nachwuchsen. Jedenfalls fand der Alte diese Gegend, die er Savanne nannte, genauso trostlos wie ich.

Es war hier fast so heiß wie in der Stadt. Wie hätte sich auch die Luft in diesem schwächlichen und buschigen Gestrüpp bewegen können? Einzig durch die Geschwindigkeit entstand ein Luftzug. Zuerst hielt ich den Kopf aus dem Fenster, um etwas Wind auf meinem Gesicht zu spüren. Aber der Alte bat mich, den Kopf zurückzunehmen, und sagte mir, wie gefährlich es sein könnte, ihn hinauszustrecken.

Ich gehorchte ihm. Mutter hatte mir gesagt, ich solle ihm gehorchen. Übrigens empfand ich von selber, daß ich – so kindlich der Alte auch war – ihm trotzdem Gehorsam schuldig war, daß ich ihn aber auch beschützen mußte. Wenn ich darüber nachdenke, dann war unsere Beziehung merkwürdig, sehr merkwürdig, und dennoch, war sie nicht ganz selbstverständlich?

Nachdem ich ihm gehorcht hatte, zerbrach ich mir lange den Kopf, was ich jetzt Gutes für ihn tun könnte, aber mir fiel nichts ein.

Dann stieß der kleine Zug plötzlich ein lautes und fröhliches Pfeifen aus, als wollte er ankündigen: Achtung, ihr seht jetzt etwas Wunderbares, etwas ganz Neues, das der Mühe wert ist! Zugleich bog er ziemlich schnell in eine Kurve ein. Da sah ich, oder glaubte zu sehen, eine unendliche, zartblaue

Fläche, voller Leben, unergründlich, glatt und wie mir schien aus Wasser. Mein Herz wurde weit, um sie in mir aufzunehmen.

«Ist das der See?»

Der Alte hatte gesehen, wie sich meine Augen weiteten, wie meine Hände sich dem offen daliegenden Blau entgegenstreckten.

«Das ist nur der Himmel», sagte er.

Nach einem langen Schweigen fragte ich ihn:

«Gleichen sie sich?»

Der Alte nickte, in Gedanken versunken.

«Ja, im Grunde gleichen sich der See und der Himmel. Manchmal haben sie genau die gleiche Farbe.»

«Immer blau?»

«Nein, nicht immer blau, im Gegenteil. Der See folgt den Launen des Himmels. Wenn dieser grau und schweigsam ist, dann ist jener auch grau und schweigsam.»

«Aber warum wird der Himmel schweigsam? Hat er Kummer?»

«Kummer, das kann schon möglich sein», erwiderte der Alte mit einem etwas abwesenden Lächeln.

Dann wurde er wieder munter:

«Etwas Schönes, trotz allem, ist der Anblick des Sees, wenn er in Aufruhr ist.»

«In Aufruhr?»

«O ja! Nehmen wir an, ein heftiger Wind kommt auf. Bald danach ist der See in heftiger Bewegung. Immer wilder wird der Wind, und der See nimmt eine bleierne Farbe an. Ein wenig Zeit vergeht, dann brodelt es von einem Ufer zum andern. Auf dem Winnipeg-See habe ich fast genauso stürmische Unwetter gesehen wie auf dem Meer.»

«Ah, das Meer», sagte ich, «das ist noch eine andere Sache, die ich in meinem ganzen Leben noch nicht gesehen habe! So viele Dinge habe ich noch nicht gesehen!»

«Na, na», unterbrach mich der Alte. «Gib dich für heute mit dem Winnipeg-See zufrieden. Glaub mir, das reicht für einen Tag. Man muß das Leben nicht durchfliegen wollen.»

«Ja», stimmte ich ihm bei, «der Winnipeg-See muß für einen Tag genügen. Aber erzähl mir noch, wie es ist, wenn der Wind ganz stark bläst.»

«Das kommt darauf an», sagte der Alte, «von welcher Seite der Wind weht und ob es trotzdem ein sonniger Tag ist oder ein trauriger. Soll ich dir von dem einen Mal erzählen, als mir der See am schönsten vorkam?»

«O ja, erzähl mir von diesem einen Mal.»

«An jenem Tag», begann er, «hatte sich der See mit Tausenden von kleinen, nicht sehr hohen, aber schnellen Wellen bedeckt, die von allen Seiten angelaufen kamen. Alle trugen weiße Federbüsche. Man hätte glauben können, Vögel ließen sich vom Wasser tragen und schaukeln. Im übrigen hatten sich wirkliche Vögel, nämlich kleine Seemöwen, auf dem bewegten Wasser niedergelassen, und man sah auch sie mit den Wellen auf- und niedersteigen, indem sie sich ganz ruhig verhielten mit ihren kleinen, an den Körper geschmiegten Flügeln und ihrem farbigen Schnabel, der ab und zu aufglänzte. An jenem Tag schien es mir, als tanze der See vor seinem Schöpfer.»

Wie sehr gefiel mir dieses Bild! Ich hatte es vor Augen – die Möwen oder die Wellen, ich weiß nicht mehr genau was – beide weiß und auf- und niederhüpfend. In diesem Augenblick wurde ich so heftig erregt, daß der Alte mein Handgelenk ergriff und meinen Puls befühlte. Er sagte, er könne nur mit Mühe zählen, so schnell gehe er.

«Wie eine kleine, rasende Uhr», sagte er, als ob er mich dafür tadeln wollte.

Trotzdem war es nicht meine Schuld. Wegen dieses schnellen Pulses hatte man mir alle Anstrengungen untersagt, und wenn ich dennoch gelernt hatte, auf Stelzen zu gehen, dann nur, weil meine Mutter nichts davon wußte.

«Willst du dich denn dein ganzes Leben lang so aufregen?» fragte mich der Alte.

Wie sollte ich das wissen! Indessen antwortete ich mit Nachdruck:

«Ja, so werde ich es mein ganzes Leben lang tun.»

Da lachte der alte Mann ein wenig in seinen Bart.

«Da meine Geschichten eine solche Wirkung auf dich haben, erzähle ich dir lieber keine mehr.»

Aber einige Minuten später erzählte er mir wieder welche. Zum Beispiel, daß der See viel älter sei als das Land von Manitoba und daß er noch nach Tausenden von Jahren da sein werde. «Für alle Ewigkeiten», sagte er.

Das Wort machte mir angst. Ich war so verwirrt, wie wenn ich in den kleinen, düsteren Eichenwald ginge, wo mich jedesmal – warum gerade dort? – die Erinnerung an meine Großmutter in ihrem Sarg überfiel.

«Ist das die Ewigkeit, wenn man stirbt?»

«Aber nein, das ist ein Leben, welches nie aufhört.»

Ich verstand ihn immer weniger, aber das machte nichts, denn in dem Augenblick fuhr der kleine Zug in eine starke Kurve, und wir wurden gemeinsam gegen den Gang hingeworfen, worüber wir vor Vergnügen lachten. Dann pfiff der Zug. Die Wälder traten auseinander. Etwas Blaues wurde sichtbar, noch weit vor uns, aber selbst aus dieser Entfernung wußte ich, was es war.

«Da ist er!» rief ich, indem ich aufsprang und von neuem die Hand aufs Herz preßte, mit jener seltsamen Gebärde der kleinen Alten, die ich von frühester Kindheit an mir hatte.

Dann wandte ich meinen Blick auf den Alten.

Er nickte. Er freute sich so, daß er kein Wort herausbrachte. Aber seine Augen suchten nicht mehr die große blaue Fläche in der Ferne. Sie suchten mich, als sei ich der große See, den wir sehen wollten.

V

Nach diesem freien Ausblick auf den See enttäuschte mich Winnipeg-Beach so fürchterlich, daß ich den Tränen nahe war. Irgendwo gegen den Himmel drehte sich ein Riesenrad. Ausrufe von Marktschreiern, Kehrreime irgendeines nerventötenden Straßenliedes und Gerüche von ranzigem Fett drangen auf mich ein. Weiter hinten sauste ein vollbesetztes Wägelchen über eine Berg- und Talbahn, und ich hörte die hysterischen Schreie der Leute. Wir waren wieder in einer Stadt, mit Straßen, Geschäften, Lokalen, in denen es wimmelte, aber die Stadt war unsäglich trostloser als die unsere. Die Leute kamen halb nackt daher, ein Badetuch um die Schultern gelegt, aßen Pommes frîtes aus kleinen Tüten oder heiße Würstchen mit Brot.

Ich ergriff die Hand des alten Mannes. Aufseufzend fragte ich ihn:

«Der See? Wo ist der See?»

«Geduld», sagte er, «wir sind schon fast da.»

Trotzdem liefen wir lange kreuz und quer herum. Erfolglos versuchten wir, aus dieser Menge herauszukommen, die uns hin- und herstieß und uns ein- oder zweimal fast voneinander getrennt hätte.

«Nichts ist mehr wie zu meiner Zeit», stöhnte der Alte. «Es ist unglaublich. Zu meiner Zeit gab es hier nur einen Holzbahnhof und ein wenig weiter ein Dutzend kleine Landhäuser. Diese Barbaren – die Landschaft dermaßen zu verhunzen!»

Als ich ihn so außer Fassung sah, fühlte ich eine Katastrophe nahen. Ich zweifelte an dem, was er mir vom See gesagt hatte, und dachte, daß vielleicht alles nicht wahr sei. So unsicher war ich, daß ich mich an seinen Arm hängte.

«Werden wir ihn wenigstens wiederfinden?»

«Wen denn, Kleines?»

«Den See.»

«Na, nun hör mal!» Und mit einem kleinen Lachen kam er wieder zu sich, oder sollte ich besser sagen: zu mir? «Ein so großer See! Sie können ihn trotz allem nicht wegtransportiert haben, obwohl sie es wahrscheinlich tun würden, wenn sie es könnten.»

«Na dann ist es gut!» sagte ich ein bißchen getröstet, aber ohne zu begreifen, wer sie waren, die – wenn sie es könnten – versuchen würden, den See zu versetzen.

«Verbrecher, Verbrecher sind sie», brummte der Alte, der zum erstenmal ein wenig böse war, was mich äußerst erstaunte. «Aber eins ist sicher», sagte er zu mir, «der Strand scheint mir ziemlich weit von der Stadt weg zu sein. Sollten wir nicht etwas essen, bevor wir uns von hier entfernen? Oder suchen wir zuerst den See?»

«O zum See. Suchen wir den See!»

Er drückte sanft meine Hand:

«Ich dachte mir schon, daß du das lieber willst.»

Nach und nach blieben die Gerüche von Gebackenem und das Jahrmarktsgeschrei hinter uns zurück. Wir durchquerten kleine Straßen, aber sie waren schon aus Sand, dann hörten auch die Straßen auf. Immer mehr Fichten und Tannen, die einen angenehmen Duft verbreiteten, standen zu beiden Seiten der kleinen Holzhäuser. Wachsam paßte ich auf jede Regung des Alten auf, immer noch erstaunt darüber, daß er über jemanden geschimpft hatte.

«Ist es jetzt wie zu deiner Zeit?»

In der Tat hatte ich den unmöglichen Wunsch, daß ihm seine Zeit zurückgegeben würde. Vielleicht stellte ich mir vor, daß sie ihm gleichen würde. Doch dann zweifelte ich an der Verwirklichung eines solchen Wunsches, und ich fragte ihn:

«Kann man Zeiten wiederfinden?»

«Manchmal... manchmal...», murmelte er, zuerst, als ob er nicht so sicher sei, dann immer mehr mit einer Miene, als glaube er daran, denn in diesem Augenblick kam ein angenehmer Wind auf, viel frischer als in der offenen Ebene. Dieser lebendige Wind überraschte uns. Wir hoben den Kopf, als er über uns hinstrich, und schauten uns gegenseitig an.

«Das ist *sein* Atem», belehrte mich der Alte.

Einen Augenblick später hieß er mich stehenbleiben, indem er die Hand auf meine Schulter legte.

«Hör zu! Hörst du ihn?»

Es war richtig, bevor wir ihn sahen, konnten wir ihn hören: ein starkes, regelmäßiges Klatschen, als ob in der Ferne Hände zusammenschlügen, um Beifall zu klatschen. Sofort wollte ich loslaufen. Aber dem Alten bereitete das Gehen in dem lockeren Sand Mühe. Er war schon außer Atem. Deswegen versuchte ich, auf ihn zu warten, doch zog ich ihn ein wenig an der Hand hinter mir her.

Dann kamen wir an einen langen Strand, dessen Sand den Füßen genauso wohltat wie dem Blick. Vor uns lag der See, er zog sich von einer Himmelsrichtung zur andern, so wie der Alte es gesagt hatte. Nichts als Wasser. Und noch etwas war da, was ich nicht erwartet hatte: trotz des dem Wasser eigenen Geräusches wahrte der See sein Schweigen. Wie war der Eindruck des unermüdlichen Gemurmels und der gleichzeitigen Stille in Einklang zu bringen? Natürlich ist es mir noch nicht gelungen, seit der Zeit, da mich dieses Problem beschäftigt hat, seit jenem Besuch zum ersten großen See meines Lebens, diese Frage zu beantworten. Ja, ich frage mich, ob ich heute weiter bin als an jenem Tag.

Wir setzten uns nebeneinander in den

Sand, vor uns der Winnipeg-See. Die leichten Wellen kamen bis fast an unsere Füße gelaufen, sagten vielleicht leise, daß sie froh seien, uns beide endlich hier zu sehen. Ich suchte mit den Augen die Wasserfläche nach Möwen ab, aber es gab noch keine. Ohne Unterlaß fächelte eine wundervolle Brise um unsere Gesichter. Während langer Zeit – vielleicht eine halbe Stunde lang – hatten wir kein anderes Verlangen, als dem See zuzuhören und ihn anzusehen.

Schließlich fragte mich der Alte:

«Bist du zufrieden?»

Das war ich ohne Zweifel, wie ich es noch niemals gewesen war, aber diese noch nie gefühlte Freude war zu groß; sie ließ mich in höchstem Erstaunen verharren. Später habe ich erfahren, daß dies gerade das Wesen der Freude ist, dieses Entzücken im Staunen, dieses Gefühl von einer gleichzeitig so einfachen, natürlichen und doch so großen Entdeckung, daß man kaum weiß, was man dazu sagen soll, wenn nicht: das ist es also!

Ich hätte mich noch so gut darauf vorbereiten können, alles überstieg meine Erwartung: der weite, halb wolkige, halb sonnige Himmel, dieser unglaublich große, sichelförmige Strand, aber vor allem das Wasser, seine grenzenlose Weite, die mir kleinen, an trockene Horizonte gewöhnten Erdenbürgerin wie Verschwendung erscheinen mußte, so sehr waren wir bei uns daran gewöhnt, mit dem Wasser zu sparen. Ich konnte nicht aufhören, mich zu wundern. Habe ich im übrigen damit aufgehört? Und entläßt einen jemals ein großer See, ohne uns in Erstaunen versetzt zu haben?

Trotz der sanften Kühle der Brise merkten wir bald, daß die Sonne auf den Sand brannte. In seinem Alter, sagte mir der Alte, sei nichts so sehr zu fürchten wie das Übermaß, ein Übermaß an Sonne so gut wie an etwas anderem, und mir schien, als ob gerade dieser Sommer ein Sommer des Übermaßes sei. Aus seiner Zeitung, die er gefaltet in der Tasche mitgebracht hatte, machte er sich eine Art Dreispitz. Dieser sei luftdurchlässiger als sein Hut «von den Inseln», erklärte er mir, dem es nur gut tun konnte, sich in aller Ruhe auf dem Strand etwas aufzufrischen. Er sah, daß ich auch gern so einen Hut gehabt hätte. So entfaltete er seinen Dreispitz wieder, teilte das Papier und hatte genug, um einen neuen Hut für sich zu machen und einen kleineren für mich.

Von da an, beide mit der gleichen Kopfbedeckung und dem «Inselhut» zwischen uns auf dem Sand, stellten wir genau das dar, was wir waren, nämlich kleine Leute aus der Stadt, die mit den Gewohnheiten des Strandlebens nicht vertraut waren und nur zum Träumen hergekommen waren.

Nach und nach füllte sich der Strand mit Badegästen. Die meisten waren jung, gebräunt und lärmend. Sie liefen mit nackten

Füßen über den Sand oder stürzten sich mit großem Sprung ins Wasser, daß es hoch aufspritzte. Wir behielten unsere geheimnisvolle, sonntägliche Miene bei. Nie wäre mir die Idee gekommen, ich sei zu bedauern, wie ich da saß, ganz steif in meinem Organdykleid, an der Seite eines schwarzgekleideten alten Mannes. Angenommen, die Blicke, die auf uns verweilten, hätten mich in Verlegenheit gebracht, so denke ich doch, daß das ruhige Atmen des Sees und alles, was es hier an Wunderbarem und Vollkommenem zu sehen gab, ein so kleinliches Gefühl wie die Eigenliebe schnell zum Schweigen gebracht hätten. Es ist wahr, daß Mutter – da ich für den ganzen Tag an den See fuhr – bedauert hatte, mir keinen Badeanzug kaufen zu können. Sie hatte auch keine Zeit, mir etwas zu nähen, was demselben Zweck hätte dienen können. Sie hätte es gekonnt, denn sie war geschickt. Sie hatte mir gesagt, daß ich zumindest mein

Kleid schürzen und ein wenig im Wasser waten könne. Ich glaube nicht, daß ich große Lust dazu gehabt habe. Erstens war mein Kleid neu. Und dann – da ich unter meinem Dreispitz in der Sonne und der feuchten Kühle saß, die ohne Unterlaß mein Gesicht bestrich, mit meinem guten Alten als Gefährten – schien es mir, daß ich alles hatte, worauf es ankam; ein so seltenes Glück, daß man aufpassen mußte, es nicht zu überladen, aus Furcht, das feine Geflecht zu zerstören.

«Du kannst spielen gehen», sagte der Alte.

Ich schüttelte den Kopf. Ein Tag wie heute schien mir genausowenig für Spiele geschaffen – zumindest für solche, die ich schon kannte – wie zum Beispiel ein Tag in der Kirche mit Orgelmusik und Gesang. Ich vergnügte mich nur damit, diesen schönen, sauberen und trockenen Sand mit meinen Händen aufzunehmen und ihn durch die

Finger rinnen zu lassen; und ich machte kleine Hügel, die ich oben und an den Seiten sorgfältig festklopfte.

Während der ganzen Zeit drang der Gesang des Sees in mich ein. Jetzt hörte ich wohl, daß es sich um etwas ganz anderes handelte als um das Geräusch des Händeklatschens in einem vollen Saal nach einem Konzertabend. Ich sah, wie sich weit draußen eine lange, flache Welle bildete und auf den Sand zurollte. Dort lief sie mit einer Art traurigem Seufzer aus. Dann, während des Bruchteils einer Sekunde, herrschte wieder Stille; danach kam das Wasser von neuem heran und verlief sanft auf dem Sand, auf dem es eine feuchte und frische Spur hinterließ. War es dieselbe Welle, die sich immer von neuem bildete und zerfloß? Oder kam sie ohne Ende aus der Tiefe des Sees?

Ich fragte den Alten, der mir sagte, daß er es nicht wisse. Was war mit ihm geschehen, da er sich doch sonst soviel Mühe gab, mir zu antworten? Bestürzt betrachtete ich ihn. Er sah müde aus. Sicher hatte er ein großes Schlafbedürfnis, da der Rhythmus seiner kleinen, regelmäßigen Gewohnheiten gestört war, und ich hätte ihn in Ruhe lassen sollen unter seinem Dreispitz aus Zeitungspapier, der ein wenig ins Zittern geriet, wenn er den Kopf bewegte. Noch heute werfe ich mir vor, ihn nicht schlafen gelassen zu haben. Aber damals hatte ich eine Menge brennender Fragen zu stellen. Warum soviel Wasser? Und warum alles an einem Ort und nichts an einem andern? Und warum die Wellen?

Der müde alte Mann gab sich einen Ruck. Er bemühte sich, mich zufriedenzustellen.

«Warum das viele Wasser? Doch der Schönheit wegen, denke ich mir. Weil Gott es so gewollt hat.»

«So hat er also den Winnipeg-See für sich gemacht?»

«Für sich? Ja, sicher», sagte der alte Mann. «Aber auch für uns.»

«Wußte er, daß wir ihn sehen würden?»

So müde der Alte auch war, er lächelte doch.

«Er hat es wahrscheinlich geahnt.»

Die ganze Zeit sah ich mir die Augen aus dem Kopf, um durch das vibrierende Glänzen auf dem Wasser hindurch das gegenüberliegende Ufer zu entdecken.

«Dahinten», fragte ich, «ist das dahinten das Ende oder der Anfang?»

Endlich war es mir gelungen, den Alten aus seiner Schläfrigkeit zu wecken, und ich freute mich, ihn seine kleinen blauen Augen öffnen zu sehen, obwohl sie in diesem Augenblick ein wenig traurig aussahen.

«Das Ende, der Anfang? Du stellst Fragen! Das Ende, der Anfang... Und wenn es im Grunde dasselbe wäre!»

Sein Blick ging dabei weit in die Ferne, und er wiederholte:

«Wenn es dasselbe wäre!... Vielleicht bildet alles einen großen Kreis, so daß das Ende und der Anfang sich treffen.»

Ich hatte es gern, wenn er in diesem feierlichen Ton zu mir sprach, mit Worten, deren Sinn ich zwar manchmal nicht erfaßte, deren Klang mir aber gefiel wie die Musik einer Symphonie oder auch wie diese träumerischen Wolken, die hoch am Himmel zogen und von denen man im Grunde nicht wußte, was sie darstellten.

Doch ich erinnerte mich, daß er mir gesagt hatte, der See sei länger als breit. Da der See also nicht rund war, fragte ich ihn, ob Anfang und Ende sich trotzdem berühren konnten. Er antwortete, daß das nichts an dem geheimnisvollen Zusammentreffen ändere, daß Ende und Anfang ihre eigenen Mittel hätten, um sich zu finden.

Im Moment spielten Hunderte von Badegästen Fangen. Unter lautem Geschrei spritzten sie sich Wasser ins Gesicht und warfen sich durch das aufspritzende Wasser Bälle zu. Andere blieben langausgestreckt liegen, nachdem sie sich mit Öl eingerieben hatten, um braun zu werden. Wir waren die einzigen, die völlig beschäftigungslos zu sein schienen.

«Willst du nicht spielen gehen?»

Ich schüttelte den Kopf. Immer noch bemühte ich mich, den melancholischen Gesang des Wassers, das auf dem Sand auslief, zu hören. Wenn die Rufe und das fröhliche Lärmen etwas nachließen, hörte ich ihn, ruhig, sich immer gleichbleibend. Im Augenblick erschien er mir wie ein kleiner geflüsterter Satz. Hatte der See seit Beginn der Zeiten nur eine Geschichte zu erzählen, die er ohne Unterlaß wiederholte? Sprach er zu mir im besonderen, oder hätte er in derselben Weise auch zu anderen gesprochen, wenn sie ihm zugehört hätten? Schließlich schläferte mich der immer wiederholte, kleine, geflüsterte Satz fast ein. Gegen meinen Willen entspannte ich mich, gegen meinen Willen überließ ich mich ganz dem Klang des kleinen Satzes, von dem ich so gern gewußt hätte, was er bedeutete.

Aber als ich gerade einschlafen wollte, erwachte der Alte ganz und gar.

«Hast du keinen Hunger? Du mußt doch Hunger haben. Sollten wir nicht etwas essen?»

Sofort war ich auf den Beinen; in der Tat empfand ich einen großen Appetit, angeregt durch die frische Luft.

«Ich könnte für zehn essen.»

«Um so besser», sagte der Alte.

Durch einen Pfad im Sand, über einen Gehweg aus Brettern und schließlich auf einer Asphaltstraße kehrten wir in die kleine Stadt zurück, wo wir glücklicherweise ein Restaurant fanden, das nicht zu sehr von Menschen wimmelte, so wie der Alte es sich gewünscht hatte. Als ich begriff, daß er trotz Mutters Verbot einen Bananasplit mit

Schlagsahne bestellte, konnte ich nur mit Mühe an mich halten, um nicht auszurufen, daß er der beste Freund sei, den ich jemals in meinem Leben besessen habe. Er band mir die Serviette um den Hals, damit ich keine Flecken auf mein so hübsches Kleid bekäme, sagte er.

«Es ist mein schönstes», erzählte ich ihm, «und Mutter wollte anfangs nicht, daß ich es anziehe, um mich darin in den Sand zu setzen.»

«Aber du hast es dem See zeigen wollen», sagte der Alte und blinzelte mir mit einem Auge zu.

Vielleicht war es das.

«Im Grunde hast du recht», stimmte mir der Alte zu. «Man zieht sein schönstes Kleid bei langweiligen, festlichen Anlässen an. Warum soll man es nicht einmal an einem freudigen Tag tragen?»

Ich riet ihm meinerseits, gut aufzupassen, daß er seine schwarze Popelinjacke nicht beflecke, in der er so sauber aussehe, daß er in der Stadt allen Leuten aufgefallen sei. Halb aus Scherz, halb ernsthaft half ich ihm, seine Serviette so hoch zu binden, bis sie seinen Bart bedeckte, denn auch der war äußerst sauber. Aus plötzlicher Neugierde dachte ich daran, mich zu erkundigen, ob er ihn wie seine Haare mit einem Haarwaschmittel waschen müsse. Diese einfache Frage brachte ihn so zum Lachen, daß er beinahe erstickte. Ich sah aber nicht ein, was daran so lustig war.

Nein, sagte er mir, er gebe sich damit zufrieden, ihn mit einem feuchten Tuch abzureiben, um ihn danach zu kämmen. Manchmal bürste er ihn auch, das sei aber alles. Ein Bart mache einem viele Sorgen, und sei es auch nur, weil es immer wieder geschehe, daß Krümel, die manchmal vom Mund fielen, in ihm hängenblieben. Leute, die sich vorstellen, ein Bart sei etwas für faule Leute, seien im Irrtum. Den Bart sauberzuhalten, mache mehr Arbeit, als sich zu rasieren.

«Aber er ist wirklich schön», sagte ich. Das schien ihm Freude zu machen.

«Findest du?»

«O ja! Und selten ist er auch.»

«Da hast du recht, heutzutage ist so etwas selten.»

Während wir auf diese Weise füreinander Sorge trugen und über alles redeten, was uns in den Sinn kam, wurden wir von den Leuten an den benachbarten Tischen beobachtet. So sagte eine Dame, die wohl glaubte, leise zu sprechen oder der Lärm des Geschirrklapperns übertöne ihre Stimme: «Ist es nicht rührend zu sehen, wie ein Großvater sich mit seiner kleinen Enkelin so gut versteht?»

Da wechselten wir einen Blick, der das ausdrückte, was wir beide wußten: daß wir nicht wirklich Großvater und Enkelin waren, und daß wir es dennoch mehr waren, als wenn es wahr gewesen wäre.

Doch danach wurde der alte Mann nachdenklich. Unausgesetzt rührte er mit dem Löffel in der Tasse. Er erzählte mir, daß er eigene Enkelkinder besitze – die übrigens nicht mehr klein waren –, daß sie weder böse noch herzlos seien, aber in ihrem Innern die Krankheit unseres Jahrhunderts trügen: den Hang zur Geschwindigkeit, zu Autos, Motorrädern, und auch dazu, das Geld so schnell wie möglich auszugeben... und daß er sich zu alt fühle, um sich noch auf dieses rasende Leben von heute umzustellen.

Dennoch schien es mir, daß er sich sehr gut umzustellen wußte. Nachdem ich meinen Eisbecher geleert und noch etwas in ihm herumgestochert hatte, war es an mir, nachdenklich zu werden.

«Weil ich», sagte ich zu ihm, «keinen Großvater mehr, keine Großmutter mehr, niemanden mehr habe.»

«Wieso niemanden?» fragte er, als ob ich ihn verletzt hätte.

Es war vielleicht nicht genau das, was ich

sagen wollte. Trotzdem hatte ich für einen Augenblick meine Großmutter wieder vor Augen, wie zu der Zeit, als sie manchmal schimpfte und trotzdem immer so schön nähte. Der Gedanke, daß sie nicht mehr nähte, ließ in mir das Gefühl aufkommen, von ihr im Stich gelassen worden zu sein.

«Es ist wahr», sagte der Alte, «wenn eine einzige Person uns plötzlich fehlt, kann die Erde uns wie eine Wüste vorkommen.»

Dann schneuzte er sich ein wenig die Nase und sagte:

«Aber das trifft ja für uns beide nicht zu, nicht wahr?»

Ich schneuzte mir ebenfalls die Nase. Ich war plötzlich nicht so sicher, daß es auf uns nicht zutreffe, aber um ihm Freude zu machen, pflichtete ich ihm bei.

Dann begann er wieder, sich in sich zurückzuziehen. Schließlich schlief er sogar ein, nachdem er vor sich hingemurmelt hatte, daß es stärker sei als er, nach dem Essen müsse er schlafen.

Einige Minuten lang sah ich zu, wie er schlief. Nach und nach hatte sich das Restaurant geleert. Wir waren allein hier, und jetzt, da kein Lärmen mehr um uns war, hatte ich Eile, diesen Ort zu verlassen. Ich hörte eine Fliege gegen die Decke fliegen. Danach begann der Alte ein wenig zu schnarchen. Es war ein trauriges, kleines Pfeifen, das seinen halbgeöffneten Lippen entwich. Sein Gebiß verschob sich etwas. Plötzlich schien er mir unendlich viel älter zu sein, als ich bisher gedacht hatte, zweifellos wegen der Lebhaftigkeit seiner blauen Augen, wenn er wach war. Jetzt, da nur noch ein wenig milchiges Weiß unter den halbgeschlossenen Lidern sichtbar war, erschreckten sie mich. Es gelang mir nicht mehr, sie wiederzuerkennen. Dann rutschte eine seiner Hände, die auf dem Tischtuch lagen, vom Tisch, fiel der Länge nach an seinem Körper herunter und blieb wie tot hängen. Ich bekam Angst. Ich streckte meine Finger aus, um die leblose Hand zu berühren, und das hatte auf mich fast dieselbe Wirkung, die ich einmal erlebt hatte, als ich einen Vogel, den ich tot aufgefunden hatte, in die Hände nahm. Was für ein Gefühl ergriff da von mir Besitz? Der Gedanke, daß der Alte nie mehr aufwachen würde, wenn ich mich nicht beeilte, ihn von jener Seite zurückzuholen? Wer weiß, welche Gedanken mir durch den Kopf gingen. Ich fing an, seinen Namen zu rufen:

«Monsieur Saint-Hilaire! Monsieur Saint-Hilaire!»

Mutters Zögern, uns zusammen losfahren zu lassen, schien mir jetzt begründet zu sein, und ich glaubte zu verstehen, daß sie mehr wegen des Alten als meinetwegen diese Reise gefürchtet hatte.

«Monsieur Saint-Hilaire!»

Er schrak zusammen, öffnete die Augen, schien nicht zu wissen, wo er war, auch nicht, wer ich war. Während dieser wenigen Sekunden war es, als betrachte er mich aus weiter Ferne, als wenn der ganze Winnipeg-See zwischen uns gewesen wäre. Nie bin ich von jemandem, den ich kenne, von so weit her angeschaut worden, und in gewisser Weise machte mir das noch mehr angst, als da ich ihn hatte schlafen sehen. Schließlich erkannte er mich, und beruhigt lächelte er mir zu:

«Du bist es, meine kleine Freundin! Du hast gut daran getan, mich aufzuwecken. In letzter Zeit schlafe ich andauernd ein, um ganz verstört aufzuwachen...»

«Schlaf nicht wieder ein», bat ich ihn.

Er schüttelte die Krümel aus seinem Bart, zahlte und sagte beim Hinausgehen:

«Du hast recht... das ist kein Tag, um zu schlafen... Dazu werde ich noch Zeit genug haben!...»

Dann gelang es ihm, sich ziemlich gerade aufzurichten, und er fragte mich:

«Schau, es bleiben uns noch ein paar Stunden Tageslicht... Sollen wir zum See zurückkehren?»

«O ja, zum See!»

Indem wir uns aneinander festhielten wie Leute, die fürchten, getrennt zu werden, kehrten wir langsam zu dem vertrauten Geräusch dort unten zurück. Wir sprachen wenig und waren trotz allem ein wenig traurig. Wieder hörten wir das Wasser, bevor wir es erblickten.

Jetzt gehörte uns der lange Strand mit dem feinen Sand fast ganz allein. Der Himmel hatte sich verändert. Große, drohende Wolken stiegen von dorther auf, wo ich den Anfang oder das Ende des Sees vermutet hatte. Ein Windstoß fuhr über uns hin. Aber anstatt hübsche, kleine Wellen zu bilden, die ich so gern gesehen hätte, kräuselte sich das Wasser und nahm eine häßliche, graue Farbe an. Ich war erstaunt, daß der See, so strahlend unter der Sonne, so finster aussehen konnte. Die Luft war jetzt plötzlich kühl.

«Du hast doch nicht kalt?» beunruhigte sich der alte Mann. «Wir hätten eine Jacke mitnehmen sollen. Aber wer hätte auch heute morgen geglaubt, daß wir sie brauchen würden!»

Dann fingen wir an, von zu Hause zu reden wie von einem weit entfernten Ort, und wie wenn es schon Jahre her wäre, seit wir fortgefahren waren.

«Ich frage mich, ob es bei ihnen dort auch kühler geworden ist», sagte der Alte. «Vielleicht nicht. Hier ist das Wetter so veränderlich. Bei ihnen ist es wohl noch wie in der Sauna.»

Wir fanden unseren alten Platz wieder, den ich an den vielen von mir gebauten Pyramiden erkannte. Ich fuhr fort, noch andere zu bauen, aber ohne rechte Begeisterung.

«Zu Haus», sagte ich, und ich dachte ebenfalls an unsere kleine und stickige Straße, «muß es ihnen so vorkommen, als seien wir seit langem verreist.»

«Ach, weißt du», sagte der Alte, «was mich anbetrifft, so kümmert sich niemand darum, ob ich nun hier oder dort bin.»

«Merken sie es denn nicht?»

Sofort bemühte er sich, fröhlich zu erscheinen, und sagte, wie um mich zu necken:

«Würdest du es denn bemerken?»

Aber ich konnte nicht antworten, so sehr fühlte ich etwas in mir aufwallen, was ich nicht zu deuten wußte.

Plötzlich herrschte eine überraschende Stille in der Natur, selbst der See schwieg fast ganz. Man hätte meinen können, daß der See versuche, auf das zu hören, was wir uns zu sagen hatten. So kam es, daß wir die Stimmen senkten. Da hörten wir aus der Ferne über dem See oder in den nahen Wäldern einen so seltsamen Vogelschrei, daß mir angst wurde. Aber der Alte liebte diesen trostlosen Ruf. Er hob den Kopf und sagte:

«Schau an, eine Schleiereule! Ich hätte nicht gedacht, daß es hier noch welche gibt, denn die Eule liebt nur einsame Orte.»

Es schien ihm Freude zu bereiten, daß es hier wenigstens noch eine Schleiereule gab. Seine alte Hand ruhte auf dem Sand. Ich betrachtete sie schon seit einiger Zeit, ohne es zu wissen, und schließlich fragte ich ihn:

«Tut es weh, alt zu sein?»

Er tat, als lache er über mich, aber er versteckte seine Hand hinter dem Rücken.

«Wie kommst du dazu, an so etwas zu denken?»

Und was er hinzufügte, schien mir einen äußerst dunklen Sinn zu haben:

«Alt ist man nicht schlechter dran als jung. Schau dich nur an, alle die kleinen Sorgen, die du hast!»

Aber ein wenig später seufzte er:

«Trotz allem, wenn der Abend kommt, sind die Ufer der Gewässer immer ein wenig ernst...»

«Warum ernst?»

Er begann wieder sehr müde auszusehen.

«Alles, was ich weiß, ist, daß das Wasser mehr weiß als die Erde, vielleicht deshalb, weil es älter ist. Alles in der Schöpfung hat mit dem Wasser begonnen.»

«Alles hat mit dem Wasser begonnen? Sie wissen wirklich viel!» hatte ich fast neidisch hinzugefügt.

«Wenn du älter wirst», sagte er, «wirst du noch viel mehr wissen.»

Aber ich wollte nicht älter werden, ich wollte alles wissen, ohne alt zu werden, vor allem, denke ich, wollte ich nichts um mich herum älter werden sehen. Neben uns lagen noch, wo wir sie hatten liegen lassen, unsere von den Leuten zertrampelten Hüte aus Zeitungspapier. Ich versuchte, den meinen wieder zu glätten, vielleicht, weil ich ihn als

Erinnerung mitnehmen wollte. Plötzlich standen mir die Tränen in den Augen.

Ganz erschreckt nahm der Alte mein Kinn in seine Hand, um mein Gesicht zu sich emporzuheben und mich anzusehen.

«Was gibt es denn? Langweilst du dich, ganz allein mit einem alten Mann?»

«Das ist es nicht, das ist es nicht...»

«Na, was ist es denn?»

Wie hätte ich ihm die Last des Kummers, die plötzlich auf mir lag, verständlich machen können, jetzt, da der Farbenglanz der Dinge erloschen war und sie sich trübe und wie verlassen dem Blick darboten? Hinzu kam, daß ich heute endlich begriffen hatte, was das Alter bedeutet und wohin es führt.

«Was tut sich nur in diesem kleinen Kopf? Bedauerst du, zum See gekommen zu sein?»

«O nein, nein», rief ich in seltsamer Bestürzung aus, als wenn er mich gefragt hätte: Bedauerst du, am Leben zu sein, ein Herz zu haben, Phantasie, Eltern und mich selber, deinen alten Freund? Denn wie konnte ich dem See, dessen kleiner Satz mir unverständlich geblieben war, der, indem er abends traurig wurde, auch mich traurig gemacht hatte, böse sein. Wie können wir auf das Leben böse sein, nur weil es uns gegen unseren Willen groß werden läßt.

«Aber was ist nur los?» wiederholte der Alte.

Und schließlich lud ich meine Last bei ihm ab.

«Wenn man alt ist, ganz alt, muß man dann sterben?»

«Das also quält dich!»

Ich wartete auf seine Antwort. Niemand hatte mir bis jetzt eine befriedigende Antwort darauf gegeben. Vielleicht tat er es!...

Er legte seine Hand sanft auf meine Stirn.

«Zuerst sind da einmal die Vögel, die jung sterben...»

«Ja, das ist wahr, einmal habe ich einen gefunden.»

«Und», fuhr er fort, «es ist trotz allem ein bißchen traurig, jung zu sterben. Weil man nicht Zeit genug zum Lernen, zum Lieben gehabt hat... Verstehst du? Wenn man aber alt ist, dann ist das natürlich.»

«Natürlich?»

«Das Allernatürlichste. Man hat sein Leben abgeschlossen. Jetzt hat man eine Art Verlangen, die andere Seite kennenzulernen.»

«Weil Sie auf dieser Seite hier genug gelernt und geliebt haben?»

Ich weiß nicht, warum ich instinktiv für den Augenblick zum «Sie» zurückgekehrt war. Lange ließ er seine Augen über den See, den Sand und den Himmel schweifen.

«Genug gelernt?... Genug geliebt?... Ich weiß nicht. Vielleicht hat man niemals genug gelernt und geliebt. Ich hätte gern noch ein wenig mehr Zeit. Ich vermute, daß man immer gern noch ein wenig mehr Zeit hätte.»

Trotz allem war es mir wieder wohler, und ich begann von neuem, mit Sand kleine Hügel aufzuschichten.

«Wo ist die andere Seite, auf die man geht, wenn es hier zu Ende ist?»

Er lächelte leise, indem er mein Gesicht betrachtete, das ihm zugewandt war.

«Wenn man es genau wüßte, dann wäre es vielleicht weniger schön und weniger anziehend. Wenn du auf deine Entdeckungsreisen gehst, ist es da nicht angenehm, nicht zu wissen, was du vorfinden wirst?...»

«Ist es denn eine Entdeckung?»

«Sicher!... Ganz sicher!...»

Ich begann dieses geheimnisvolle Land, von dem er mir unter dem bleiernen Himmel erzählte, sehr interessant zu finden.

«Ist es da schöner als am Ufer des Sees?»

«Wahrscheinlich. Ich glaube, daß alle sich dort wiederfinden werden, die Menschen und die Dinge, die man liebt.»

«Vielleicht wirst du dort meine Großmutter wiederfinden», begann ich ziemlich fröhlich, fiel aber sofort in meine Traurigkeit zurück, aus der er mich doch so gut herausgelockt hatte.

Vom Strand neben mir hob ich ein kleines Stück Holz auf und fing an, mit der Spitze Zeichen in den Sand zu malen. Danach, wie alle Kinder es gern tun – vielleicht um Zeugnis von ihrem kurzen, aber schon so angefüllten Dasein abzulegen –, schrieb ich meinen Namen in den Sand, gefolgt von der Zahl acht.

«Das ist ein schönes Alter», sagte der Alte, der mir zuschaute. «Das ist der Anfang.»

Mir schien, man könne aus dem Ton seiner Stimme heraushören, daß er mich für glücklich hielt, erst am Beginn zu stehen, und das warf mich in meinen Kummer zurück. Ich vermute, daß ich die Freude, am Anfang zu stehen, nicht ertragen konnte, weil er am Ende angelangt war.

«Meine Großmutter war alt, sehr alt, als

sie starb», erzählte ich ihm. «Sie war achtzig Jahre alt.»

«Das ist nicht so besonders alt», sagte der alte Mann.

«Nein?» fragte ich ungläubig, und eine schreckliche Ahnung stieg in mir auf. Ich fragte ihn mit einem Blick.

«Ich selber bin ein schönes Stückchen älter», sagte er, während er den Kopf senkte, als schäme er sich, so alt zu sein. «Schreib es in den Sand», schlug er vor.

Er flüsterte in mein Ohr. Und ich schrieb, was er mir zugeflüstert hatte: vierundachtzig. Gott weiß, wieso ich die Idee hatte, die Zahlen, sein Alter und meins, so hinzuschreiben wie in einer Rechenaufgabe, und ich zog mein Alter von seinem ab. Ich war ganz erschlagen von dem, was für mich blieb und uns durch einen Zeitraum hindurch zu trennen schien, der noch geheimnisvoller war als die Räume des Wassers und der Erde.

«Sechsundsiebzig Jahre, das ist viel», sagte ich.

Mit den Augen hatte er meine Rechnung auf dem Sand verfolgt und sagte, als ob er sich für mich freute:

«Es ist seltsam: Man sagt, daß jemand, der wie ich ein fortgeschrittenes Alter erreicht, ein schönes Alter erreicht hat. Aber in Wirklichkeit bist du im schönen Alter. Dieses ganze schöne, lange Leben vor dir! Was wirst du daraus machen?» fragte er mich, wie wenn er mir ein Rätsel aufgäbe.

Was wußte ich davon? Übrigens war ich entmutigt durch die Ungleichheit und Ungerechtigkeit in diesem Leben. «Warum erreichten nicht alle zusammen das gleiche Alter?»

«Dann würde man sich langweilen», belehrte er mich; «nur alte Leute zusammen, oder nur junge.»

Er hieß mich über folgendes nachdenken:

«Das Schöne daran ist, daß du genügend Zeit haben wirst, um dich umzusehen und so viele Entdeckungen zu machen, wie du willst.»

Und da ich mich immer noch nicht rührte, in sonderbare Rechenprobleme über Alter und Jahre versunken, schlug er mir vor:

«Nimm zum Beispiel den Ozean; hättest du nicht Lust, ihn zu sehen?»

Da wurde ich lebendig, wenn auch gegen meinen Willen.

«Sicher werde ich an den Ozean gehen. Ist der Ozean noch schöner?»

«Schöner!... Schöner!... Nein, nicht unbedingt. Nur unermeßlicher. Aber bei einem bestimmten Grad von Unermeßlichkeit...»

Ich unterbrach ihn, um das schöne Wort, das ich zum erstenmal vernahm, zu wiederholen und mich daran zu freuen: Unermeßlichkeit.

Der Alte, der sich freute, wenn er sah,

wie ich eines seiner Worte lernte, ließ mir die nötige Zeit, um es in mein Gedächtnis aufzunehmen. Dann fuhr er fort:

«Bei einem bestimmten Grad von Weite und Unermeßlichkeit nimmt das Auge keine Unterschiede mehr wahr. So könnten wir im Augenblick geradesogut am Rande des Ozeans sitzen.»

«O ja», stimmte ich ihm zu, glücklich gegen meinen Willen. «Aber an welchem? Am Pazifischen oder am Atlantischen Ozean?»

«Warum nicht beide», sagte er, «weil sie im Grunde ziemlich gleich sind.»

«Wirklich, das wußte ich nicht!»

«Danach das Felsengebirge», sagte der alte Mann. «Hättest du nicht den Wunsch, es in Wirklichkeit zu sehen?»

«Sicher werde ich dorthin gehen.»

«Und die schönen Städte der Erde? Hättest du nicht Lust, sie zu besuchen?»

Nach einer kleinen Weile erklärte ich

mich, immer noch ein wenig traurig, auch damit einverstanden:

«Ja, ich werde die schönen Städte der Erde besuchen.» Und dabei fragte ich ihn gleich: «Haben Sie viele schöne Städte gesehen?»

Er richtete seinen Blick auf den See, wie wenn die schönen Städte sich unter dem Wasser befänden, und etwas traurig sagte er zu mir:

«Ich habe mein Teil gehabt, weißt du. Ich habe Paris, London, Amsterdam gesehen... und halt, eine der reizendsten kleinen Städte ist Brügge.»

«Wären Sie immer noch gern dort?»

«Vielleicht in Brügge...»

«Kehren Sie nicht mehr dahin zurück?»

Er schüttelte etwas wie einen Traum von sich ab und sagte:

«Nein, ich denke nicht. Meine Reisen sind alle gemacht.»

Doch er hatte die Begeisterung in mir geweckt, und ich dachte an das, was ich tun würde, und an meine eigenen Reisen.

«Eines Tages werde ich hingehen und sehen, wie Brügge ist.»

«Es wird dir bestimmt gefallen», versicherte mir der Alte; «wenn du dort bist, wirst du dann ein wenig daran denken, daß ich es war, der dich auf den Gedanken gebracht hat, Brügge zu besuchen?»

«O ja», versprach ich fröhlich, «ich werde daran denken.» Aber der Gedanke an all die Jahre, die ich noch warten mußte, bevor ich Brügge sehen konnte, stimmte mich traurig.

«Arme Kleine!» sagte der Alte, indem er seine Hand auf meinen Kopf legte. «Du möchtest schon überall sein. Du würdest am liebsten die Uhr vorstellen, wenn das möglich wäre. Ich würde sie lieber zurückstellen. Weißt du, daß wir ein sonderbares Paar sind?»

Aber nein, wir waren kein sonderbares Paar, dachte ich. Wir waren ein wundervolles Paar. Dennoch war es vielleicht in dem Augenblick, daß ich am deutlichsten spürte, daß wir es nicht lange bleiben würden. Von neuem erforschte ich ängstlich die Züge des Alten.

Danach, um mich zu zerstreuen, fing er an, mir eine Geschichte zu erzählen; sie war bestimmt erfunden.

«Dann, wenn du alle Dinge gesehen hast», sagte er, «wenn du die Städte und Denkmäler, die Museen und Paläste besucht hast, wenn du die Ozeane und die Berge gesehen hast, weißt du, wonach du dann noch verlangen wirst?»

«Nach was?»

«Ja, das Herz ist nun einmal so: je mehr es hat, desto mehr braucht es. So wirst du dann gewahr werden, daß du erst an der Schwelle der wahren, der großen Entdeckungen stehst.»

Ich hörte auf, Sand aufzuschichten, um ihm aufmerksam zuzuhören.

«Was ist die große Entdeckung?»

Als ob es sich um ein zu erforschendes Land handelte, erzählte er mir, daß da alles von einem besonderen Glanz erstrahle, daß selbst die bescheidenen, gewöhnlichen Dinge davon erhellt würden. Denn wenn uns ein einziges Wesen geschenkt würde, dann wäre es von da an, als besäße man die Welt.

Es schien mir, als spräche er von uns beiden. Aber nein, sagte er, es handle sich um etwas ganz anderes. Denn das Land der Liebe sei das weiteste und tiefste, das es gebe. Von einem Punkt zum andern sei es so weit, daß man sich vom zweiten aus nicht mehr an den ersten erinnern könne.

Dieses Land schien mir immer anziehender zu werden.

«Ich werde auch dahin gehen», sagte ich. «Ich gehe dorthin, und dann bleibe ich dort. Ich werde an jede Stelle dieses schönen Landes gehen.»

Da betrachtete er mich lange und auf

seltsame Weise, als ob er in meine Zukunft blicke. Wie hätte er auch nicht in die Ferne sehen sollen, war es mir nicht zu jeder Zeit so vorgekommen, als wisse er alle Dinge?

«Ja, bestimmt, ich glaube, daß du jenes Land gut kennenlernen wirst.»

Warum sah er danach so müde aus, als ob er befürchtete, es könnte mir etwas begegnen? Den ganzen Tag, die ganze Nacht und noch einen zweiten Tag hätte ich zugehört, wie er von dem zauberhaften Land erzählte. Aber er war zu müde, und so schwieg er nun.

Es war ihm fast völlig gelungen, mich von dem Kummer abzulenken, den er mir dadurch bereitet hatte, daß er ein alter Mann war. Da seine Stimme schwieg, hörte ich jetzt von neuem den kleinen Satz des Sees, und er erschien mir klagend und sanft. Der Himmel war noch dunkler geworden. War es möglich, daß endlich Regen kam? Mutter würde sich freuen, wegen der Blumen.

Mutter, Mutter, warum hatte ich, da mein Herz übervoll von Eindrücken war, nicht an sie als meine einzige Zuflucht gedacht? Denn plötzlich ermüdeten mich die großen Dinge, die ich heute erfahren hatte. Ich hatte plötzlich den Wunsch, nichts als ein kleines Mädchen zu sein. Aber war das noch möglich? Es schien mir, daß ich heute eine Grenze, eine Schranke überschritten hatte und daß ich weiter gegangen war, als ich gedurft hätte. Und der kleine Satz des Sees fuhr fort, mich zu verfolgen. Adieu, adieu, meine Kinder, sagte er vielleicht. Wie sollte man das wissen? Es schien, daß seine Worte sich änderten, je nachdem sich meine Gefühle änderten. Aber änderte ich mich nicht wegen des Sees?

«Wir sollten ein wenig schlafen», sagte der Alte zu mir. «Wir können beide nicht mehr, und wir müssen doch Kräfte für die Heimreise sammeln. Deine Mutter wäre nicht zufrieden, wenn du ganz erschöpft zurückkämst. Sie würde vielleicht sagen, daß es meine Schuld sei.»

«Es ist nicht deine Schuld.»

«O doch, vielleicht ein wenig meine Schuld! Obwohl wir nur hergekommen sind, um uns zu erholen.»

«Uns zu er-ho-len», sagte ich, vor Müdigkeit gähnend.

«Rück näher», sagte er, «leg deinen Kopf auf meine Schulter. Dann ist dir wärmer.»

Ich tat, wie er mir sagte, und gähnte von neuem. Der kleine Satz des Sees schien von weit her zu kommen und sich im Wind zu verlieren, der uns umwehte.

«Auf der anderen Seite, dort, wo die Leute hingehen, wie du mir gesagt hast», fragte ich halb schlafend, «wird unser See auch dort sein?»

«Gewiß», sagte der Alte schläfrig.

«Aber du hast doch gesagt, der See bleibe für alle Ewigkeit hier.»

«Das ist richtig. Die Menschen vergehen,

die Dinge bleiben. Möchtest du denn, daß sie mit sich nähmen, was für die anderen notwendig ist, um weiterzuleben?»

Ich bemerkte eine ziemlich dunkle Wolke, die genau auf uns zukam. Ein erneuter Windstoß trieb uns Sand ins Gesicht und wirbelte unsere Papierhüte mit sich fort, ich konnte sie nicht mehr einfangen.

«Sollen wir uns einen geschützten Ort suchen?» fragte mich der Alte.

«Nein, wir wollen hierbleiben.»

«Gut, bleiben wir.»

Ich kämpfte noch einen Augenblick und versuchte herauszufinden, was der See jetzt rief, da er immer unruhiger wurde. Aber alles schien sich in einem großartigen Aufruhr von Luft und Wasser zu verlieren, während es immer dunkler wurde. Wie seltsam ist doch dieses Universum, in dem wir leben müssen – winzige Wesen in einer viel zu großen Unendlichkeit. Nachdem es uns in Unruhe versetzt und uns den ganzen

Tag tausend Fragen hatte stellen lassen, schläferte es uns mit dem monotonen Geräusch des Wassers und des Windes ein. Allein auf diesem langen Strand, vor uns die Unendlichkeit, schliefen wir Schulter an Schulter.

Als der Alte als erster erwachte, war es fast Nacht. Aufs höchste beunruhigt, rüttelte er mich wach. Ich hörte, wie er wie aus weiter Ferne sagte: «O mein Gott, wenn wir den Zug verpassen. Was würde deine Mutter sagen?»

Ich vernahm: deine Mutter, deine Mutter, der Zug, der Zug, und wußte nicht, wo ich war, wer zu mir sprach, woher dieses Geräusch aufgewühlten Wassers kam. Als ich mich aufrichtete, war ich unendlich erstaunt, mich auf dem Sand zu befinden, nahe bei dieser schrecklichen, dunklen Masse, die sich wenige Schritte von uns entfernt bewegte und dumpf rollte. Dann, nachdem die Erinnerung zurückgekehrt war, dachte ich, daß ich heute unerhörtes Glück gehabt hatte. Ich hatte den Winnipeg-See zuerst in sonniger Ruhe gesehen; jetzt erlebte ich ihn im Sturm. Seine Wellen stießen zusammen, klatschten. Aber nur wenig Helligkeit war verblieben, und in der Distanz sah ich nur ein dunkles Aufwallen, das von kleinen weißen Blitzen übersät war. Vergeblich strengte ich den Blick an, um die Schattenflächen zu durchdringen und um dort hinten in der Ferne auf den Wellen kleine Seemöwen zu entdecken, die sich voll Begeisterung im Sturm schaukeln ließen.

Aber der Alte drängte zur Eile.

«Komm, hast du deine kleine Tasche? Alle deine Sachen? Vergiß nichts und komm schnell! Hast du daran gedacht, in welchem Zustand sich deine Mutter befinden würde, wenn wir heute abend nicht mit dem Zug zurückkämen?... Deine arme Mutter, arme Mutter!...»

Es gab mir einen Stich ins Herz, wie er mich in dem Sand, wo wir stolperten, hinter sich herzog und dauernd wiederholte: deine arme Mutter, arme Mutter. Der Wind blies, der Sand knirschte unter unseren Füßen, die Wellen klagten, und «deine arme Mutter» schien allem etwas Niederschmetterndes und einen schrecklichen Vorwurf beizumischen. Damals habe ich erfahren, denke ich, daß sie in der Tat arm war, sie, die niemals den großen Winnipeg-See gesehen hatte, weder den Ozean noch die Felsengebirge, die sie doch so gern gesehen hätte. Sie hatte uns so viel davon erzählt, daß wir sie schließlich verließen, um die Welt zu durchwandern. Ich glaube auch, verstanden zu haben, daß es nicht genügt, nur den leidenschaftlichen Wunsch zum Aufbruch zu haben, um aufbrechen zu können. Mit dieser Leidenschaft im Herzen kann man trotzdem sein ganzes Leben lang Gefangener in einer kleinen Straße bleiben.

Von nun an war ich es, die den Gang des armen Alten beschleunigte, indem ich ihn an der Hand nachzog und ihn mit meinem «Schnell, schnell, die Züge warten nicht» antrieb.

Im Zug schliefen wir noch etwas. Was hätte es auch zu sehen gegeben? Nur den Schatten der kleinen Savannenbäume, den ich ein- oder zweimal flüchtig aus halbgeschlossenen Augen erblickte. Nur die Rauchspiralen des Zuges, die Formen zeichneten, welche alten, von Furcht faltigen Gesichtern glichen. Das ist im Grunde alles, was ich von der Rückreise im Gedächtnis behalten habe. Auf was für seltsame Weise nimmt ein Kind Dinge auf, manchmal jedes geringste Detail eines einzelnen Tages, um darauf einen ganzen Zeitraum entschlüpfen zu lassen. Aus dem Vergessen, wohin er gesunken ist, gelingt es einem solchen Tag manchmal, ans Licht emporzusteigen.

Schließlich kehrten wir mit der Straßenbahn zurück. Wir waren so erschöpft, daß wir nicht mehr die Kraft zum Reden hatten. Unsere Köpfe schwankten, einer gegen den andern. Dennoch, kurz bevor wir die Bahn verließen, hatte der Alte bemerkt, daß meine Haarschleife aufgegangen war und die Enden herunterhingen. Er versuchte, die Schleife wieder zu binden, aber seine Hände zitterten. Es sei lange her, sagte er, daß er eine Schleife in die Haare eines kleinen Mädchens gebunden habe.

Wir stiegen aus, und der Alte nahm mich bei der Hand, um mich bis zu meiner Tür zu bringen. Da er nur langsam ging, schlug ich ihm vor, daß wir uns schon jetzt trennten; jeder solle allein nach Hause gehen. Für mich wäre es nur ein kleines Stückchen Straße gewesen, und es war beleuchtet. Aber der Alte war verletzt.

«Ein kleines Fräulein mitten auf der Straße stehenlassen! Wer wird denn das tun!»

Zumindest glaubte ich, daß er das sagte;

ganz sicher war ich aber nicht, so undeutlich sprach der Alte. Oder war ich wegen dieses Wassergeräusches, das ich immer noch im Ohr hatte, ein wenig taub geworden? Ich sagte es dem Alten, der erwiderte, daß es immer so sei, wenn man nach einem am Ufer eines großen Wassers verbrachten Tag zurückkehre, manchmal vernehme man noch zwei oder drei Tage lang das ferne Gemurmel.

Doch wenn wir auch das Rauschen des Sees bewahrt hatten, so hatten wir nichts von seiner angenehmen Kühle mitzubringen vermocht. Schon jetzt waren wir schweißgebadet.

«Wir kommen in unsere Sauna zurück», sagte der Alte. «Das ist wirklich sonderbar: Hier hat die Luft sich überhaupt nicht verändert. Man könnte meinen, daß wir nur geträumt hätten.»

Im Schein der Straßenlaterne sah ich über uns die traurigen, von Wärme schweren und müden Blätter. Ich hörte das Geräusch unserer Sohlen auf der Straße. Der Alte stolperte. Ich kam ihm zu Hilfe, aber kaum hatte ich ihm geholfen, sich aufzurichten, war ich es, die stolperte. Er streckte seine Hand aus, um mich am Fallen zu hindern, und versuchte zu lachen, indem er noch einmal sagte, daß wir doch ein seltsames Paar seien, es sei bei uns wie beim Blinden, der dem Tauben helfe.

Aber sein Gebiß verschob sich im Mund, und ich hatte Mühe, die Geschichte vom Blinden und vom Tauben zu verstehen.

Endlich waren wir bei der Gartentüre, wohin, wie er sagte, er mich habe bringen müssen, weil er mich da abgeholt habe. Obwohl er zitterte, nahm er sich doch die Mühe, seinen «Inselhut» zu ziehen, um mir, die ich ganz allein im Schatten stand, Lebewohl zu sagen. Ich erinnere mich, wie gut sichtbar und hübsch dieser weiße Fleck seines Hutes in der heißen Nacht war. Ich hielt ihn einen Augenblick am Ärmel zurück. Ich vermute, daß ich es nicht ertragen konnte, daß dieser Tag zu Ende gehen sollte wie alle andern, die um Mitternacht vorbei sind. Mir schien auch, daß ich ihm eine letzte, wichtige Frage zu stellen hatte, die sich auf das Vergängliche bezog und auf das, was bleibt... und wozu auf unerklärliche Weise auch die Schleiereule gehörte. Aber da trat Mutter aus dem Haus und lief auf uns zu, indem sie rief: «Da sind sie, da sind sie!»

Sie betrachtete uns beide mit demselben Gefühl von Mitleid und auch von Begierde. Da versank der traurige und befremdliche Glanz alles dessen, was ich heute gesehen hatte, wie ein unvergänglicher Gesang in mir, aber nie mehr würde ich aufhören, ihn ganz leise zu vernehmen. Ich warf mich in die Arme meiner Mutter. Ich weinte beinahe.

«Ich habe ihn gesehen, ich habe ihn gesehen, Mutter! Den großen Winnipeg-See!»

Der Umzug

I

Ich weiß nicht, ob ich jemals einen Menschen so sehr beneidet habe wie, da ich ungefähr elf Jahre alt war, das kleine Mädchen, von dem mir heute kaum mehr als der Name im Gedächtnis geblieben ist: Florence. Ihr Vater besorgte Umzüge. War das ein Beruf? Ich glaube nicht. Ich glaube, er hatte keinen ausgesprochenen Beruf, sondern übte die verschiedenartigsten Gelegenheitsarbeiten aus. Zur Jahreszeit, da die Leute umzogen – und es scheint mir, daß man früher oft seine Wohnung wechselte –, machte er die Umzüge für die armen Leute, die in unserer Nähe wohnten, aber auch weit weg von uns, in den Vororten oder den entfernten Vierteln von Winnipeg. Ohne Zweifel hatten sein großer Wagen und seine Pferde, von denen er sich nicht hatte trennen wollen, als er vom Lande in die Stadt übersiedelte, ihn zu diesem Beruf gebracht.

Samstags begleitete Florence ihren Vater auf seinen Fahrten, die wegen des langsamen Trottes der Pferde oft den ganzen Tag dauerten. Ich beneidete sie deswegen so heftig, daß ich nur noch von einer Idee besessen war: Warum machte mein Vater nicht auch Umzüge? Konnte es eine schönere Beschäftigung geben?

Was aber stellte damals ein Umzug für mich dar? Ich konnte mir keine genaue Idee davon machen. Ich war in dem schönen und behaglichen Haus, das wir noch immer bewohnten, geboren und aufgewachsen, und wir würden es wahrscheinlich nie verlassen. In jenem Sommer erschien mir eine solche Beständigkeit von entsetzlicher Monotonie. In der Tat verließen wir wirklich niemals dieses große Haus. Fuhren wir für einige Zeit aufs Land, ja entfernten wir uns auch nur für einen Tag, dann erhob sich das Problem: Wer aber hütet das Haus?

Seine Möbel und Sachen packen, eine Tür hinter sich für immer zuschließen, einer Stätte Lebewohl sagen, das war ein Abenteuer, von dem ich nichts wußte; und in dem dauernden Bestreben wahrscheinlich, es mir vorzustellen, wurde es in meinen Augen zu einem kühnen, heldenhaften, unendlich großen Unternehmen.

«Ziehen wir denn niemals um?» fragte ich Mutter.

«Oh, hoffentlich nicht!» sagte sie. «Durch Gottes Hilfe und die große Geduld deines Vaters sind wir endlich gut versorgt. Ich hoffe nur, daß es für immer ist.»

Dann erzählte sie mir, daß es für sie auf der Welt kein traurigeres, gar herzzerreißenderes Schauspiel gebe als einen Umzug.

«Während einiger Zeit», sagte sie, «ähnelt man fast Nomaden, diesen bedauernswerten Menschen, die sich sozusagen an der Außenseite des Daseins bewegen und nirgends ihre Wurzeln schlagen. Man hat kein Dach mehr. Ja wirklich, während einiger Stunden zumindest ist es, als treibe man im Strom des Lebens.»

Arme Mutter! Ihre Entgegnungen, ihre Vergleiche vertieften nur noch meine seltsame Sehnsucht. Im Strom des Lebens zu treiben! Den Nomaden ähnlich zu sein! In der Welt herumzuirren! Eins wie das andere schien mir die Seligkeit.

Da ich selber nicht umziehen konnte, wäre ich gern wenigstens beim Umzug anderer zugegen gewesen, um zu sehen, wie er sich zutrug. Der Sommer kam. Mein unvernünftiger Wunsch nahm an Heftigkeit zu. Sogar jetzt kann ich nicht leichthin davon erzählen, geschweige denn darüber lächeln. Einige unserer Wünsche, die gleichsam dem Leben vorausgehen, verdienen nicht, daß man über sie spotte.

Jeden Samstagmorgen strich ich um Florences Haus herum. Ihr Vater – ein schwerer Mann mit schmutzigblondem Haar, im blauen Arbeitsanzug, der immer vor sich hin schimpfte oder sogar fluchte – war damit beschäftigt, den mächtigen Karren aus dem Wagenschuppen zu holen. Nachdem die Pferde ihres Hafersacks entledigt und angespannt waren, stiegen der Vater und seine kleine Tochter hinauf, um auf dem erhöhten Sitz Platz zu nehmen; der Vater nahm die Zügel in die Hand; da schien es mir dann, als ob beide mich ein wenig mitleidig oder erbarmungsvoll ansähen. Ich fühlte mich so verlassen, ein Mensch von niedriger Herkunft, den die großen Abenteuer verachten.

Der Vater rief den Pferden etwas zu. Das Fuhrwerk setzte sich in Bewegung. Ich sah sie im frischen Morgendunst wegfahren, der eine solch köstliche Aufregung versprach. Ich winkte ihnen nach, aber sie drehten sich nie nach mir um. Ich rief: «Gute Reise.» Ich war so unglücklich darüber, zurückgelassen zu sein, daß ich den ganzen Tag ein Gemisch von Bedauern und Neugierde empfand. Was würden sie heute sehen? Wo waren sie augenblicklich? Was bot sich ihren Blicken als Reisende? Obwohl ich genau wußte, daß sie nur eine beschränkte Entfernung zurücklegen konnten, bildete ich mir ein, daß die beiden Dinge erblickten, die niemand sonst auf der Welt sah. Ich stellte mir vor, wie die Welt sich von der Höhe des Wagens aus unter ihrem Blick veränderte.

Da mein Wunsch, mit ihnen zu fahren, so stark und so beständig war, entschloß ich mich schließlich, meine Mutter um Erlaubnis zu bitten, obwohl ich fast sicher war, sie niemals zu erlangen. Sie schätzte meine neuen Freunde ziemlich gering; und wenn sie es auch duldete, daß ich mich dauernd in der Nähe der beiden aufhielt, um den Geruch von Pferden, Abenteuer und Staub einzuatmen, so sagte mir doch mein Gewissen, daß die Idee allein, mit ihnen fahren zu wollen, sie mit Unwillen erfüllen würde.

In der Tat fuhr sie mir nach meinen ersten Worten über den Mund:

«Bist du denn verrückt? Durch die Stadt in einem Wagen voll Hausrat zu fahren! Kannst du dir vorstellen, den ganzen Tag zwischen Möbeln, Kisten und aufgestapelten Matratzen mit wer weiß was für Leuten zu verbringen! Nein, was kannst du darin nur Besonderes sehen?»

Wie sonderbar! Allein die Idee, mich zum Beispiel zwischen aufgestapelten Stühlen, Kommoden mit leeren Schubladen und abgenommenen Bildern zu befinden, gerade all dies Neue stachelte meinen Wunsch nur noch an.

«Sprich mir nie mehr von dieser Schrulle», sagte meine Mutter. «Ich habe nein gesagt, und dabei bleibt es.»

Am nächsten Morgen ging ich zu Florence, um durch einige Worte von ihr mein sehnsuchtsvolles Verlangen nach ihrem Leben zu nähren.

«Wo seid ihr gestern hingefahren? Wer ist umgezogen?»

Florence sagte, während sie auf ihrem Kaugummi herumbiß – sie kaute oder lutschte dauernd irgendeine Süßigkeit:

«Oh, ich weiß nicht genau! Ich glaube, wir haben Leute in Fort-Rouge abgeholt und sie sehr weit gebracht, in die Gegend von Ost-Kildonan.»

Das waren ganz gewöhnliche Namen von Vororten. Wie ging es zu, daß sie damals für mich den ein wenig traurigen Reiz von Orten zu enthalten schienen, die auf dieser Erde entlegen, geheimnisvoll und schwierig zu erreichen waren?

«Was habt ihr gesehen?»

Florence schob ihren Kaugummi von einer Backe in die andere und betrachtete mich mit ein wenig blöden Augen. Sie war kein Kind mit Phantasie. Ohne Zweifel kamen ihr und ihrem Vater dessen Beruf banal, schmutzig und ermüdend vor; und nichts glich einander mehr als ein Umzug dem andern. Später fand ich heraus, daß Florence ihren Vater jeden Samstag nur begleitete, weil ihre Mutter an dem Tag damit beschäftigt war, in anderen Häusern sauberzumachen, und sich niemand fand, der zu Hause auf das kleine Mädchen aufpaßte. So nahm ihr Vater sie mit.

Beide übrigens, Vater und Tochter, begannen mich für etwas verrückt zu halten, da ich ihr Leben mit soviel Glanz umgab.

Unzählige Male habe ich den schweren Mann mit dem aschblonden Haar gefragt, ob er mich nicht auch mitnehmen wolle. Er betrachtete mich einen Augenblick wie eine Sehenswürdigkeit – ein Kind, das vielleicht nicht ganz normal war – und sagte: «Wenn deine Mutter es erlaubt...» Dann spuckte er auf den Boden, brachte seine weiten Hosen mit einer Hüftbewegung in den richtigen Sitz, spuckte von neuem aus und ging fort, um seine Pferde zu füttern oder die Räder des Karrens zu schmieren.

Das Ende der Umzüge kam heran. In der glühenden Sommerhitze gab es kaum noch welche; nur bei Leuten, deren Wohnung gekündigt wurde oder deren neue Stellung einen Wohnungswechsel erforderte; seltene Fälle. Wenn es mir nicht bald gelingt, einen Umzug mitzuerleben, dachte ich, muß ich bis zum nächsten Sommer warten. Und wer weiß, nächsten Sommer habe ich vielleicht nicht mehr soviel Lust dazu.

Die Idee aber, daß ich von meinem Wunsch absehen könnte, beruhigte mich nicht, ganz im Gegenteil, sie beunruhigte mich. Ich begriff, daß sogar unsere Wünsche uns nicht ewig treu bleiben, daß sie sich abnutzen, vielleicht sterben; und dieses vergängliche Dasein unserer Wünsche machte sie mir noch wertvoller, noch mehr zu Freunden. Wenn man sie nicht befriedigt, so dachte ich, geschieht es, daß sie sich an irgendeinen Ort entfernen, um dort vor Langeweile und Erschöpfung zu vergehen.

Meine Mutter, die mich noch immer mit meiner «Schrulle» beschäftigt sah, dachte mich vielleicht zu zerstreuen, wenn sie mir wieder einmal hübsche Geschichten aus ihrer eigenen Kindheit erzählte. Eigenartigerweise kam sie auf die Idee, mir von neuem von der großen Reise zu erzählen, die ihre ganze Familie im Planwagen über die Ebene gemacht hatte. Im Grunde erlebte sie wahrscheinlich ohne Unterlaß immer wieder diese aufregende Fahrt ins Unbekannte. Indem sie mir davon berichtete, verringerte sie vielleicht diese ungeheure Sehnsucht in sich selber, die – wenn man es überdenkt – das Leben, wie immer es auch sein möge, in uns hineinlegt.

Da erzählte sie mir also wieder einmal, wie sie sich alle, in dem Wagen zusammengedrängt – Großmutter hatte einige ihrer Möbel mitgenommen, ihr Spinnrad jedenfalls und unzählige Bündel –, wie sie sich, eng nebeneinander sitzend, auf den Weg über das unendliche Land machten.

«Damals erschien die Ebene noch viel endloser als heute», sagte sie, «auch der Himmel war unendlicher; denn es gab am Wegrand fast keine Dörfer, ja kaum Häuser. Es war schon ein richtiges Abenteuer, wenn man weit weg, in großer Ferne, eins entdeckte.»

«Und was hast du empfunden?» fragte ich meine Mutter.

«Es gefiel mir», gestand sie ein und senkte den Kopf ein wenig, als sei etwas Schlechtes daran oder zumindest zuviel Seltsames. «Mir gefiel der weite Raum, der weite, nackte Himmel, der winzigste, kleine Baum, den man in dieser Einsamkeit auf Meilen hinaus wahrnahm. Mir gefiel es sehr.»

«Du warst also glücklich!»

«Glücklich? Ja, ich glaube schon. Glücklich, ohne zu verstehen, warum. Wie man glücklich ist, wenn man jung ist – und auch nicht mehr so jung –, einfach darüber, daß man unterwegs ist, daß das Leben sich ändert oder sich bald ändern wird, daß alles sich erneuert. Es ist ein seltsames Ding», versuchte sie mir verständlich zu machen; «es muß in unserer Familie liegen. Ich frage mich tatsächlich, ob es jemals Menschen gegeben hat, für die das Reisen etwas so Natürliches ist wie für uns.»

Und sie prophezeite mir, daß ich später auch erfahren würde, was es heißt, sich auf den Weg zu machen und ohne Unterlaß immer wieder nach einem möglichen Neubeginn des Lebens zu suchen, so daß ich dessen sogar überdrüssig werden könnte.

In dieser Nacht weckte mich die Heftigkeit meines Wunsches. Ich dachte mich an die Stelle meiner Mutter, als sie ein Kind war, das – wie sie erzählt hatte – ausgestreckt im Wagen lag und über sich die Sterne der Prärie hinziehen sah, von denen man sagte, daß sie die hellsten des Erdballs seien.

So etwas werde ich nicht erleben, dachte ich; das ist endgültig vorbei – und die unumstößliche Tatsache, daß es Lebensformen gab, die abgelaufen und ausgelöscht waren in der Vergangenheit, die man heute nicht wieder aufnehmen konnte, all dies erfüllte mich mit Sehnsucht nach der vergangenen Zeit und ihren Träumen. Aber in Ermangelung von etwas Besserem gab es ja die Möglichkeit einer Reise mit unseren Nachbarn.

Ich wußte – ich erriet es eher –, daß man den Gehorsam, den man unseren Eltern schuldet, auch gewissen unserer seltsamsten, mächtigsten und bohrendsten Wünsche schuldig ist.

Ich blieb wach. Der folgende Morgen – oder besser der Tag – war ein Samstag, der Tag der Umzüge. Ich hatte mich entschlossen, mit den Pichettes zu fahren.

Die Morgendämmerung kam herauf. Hatte ich sie bis jetzt wirklich je gesehen? Ich bemerkte, daß der Himmel eine unbestimmte

Farbe hatte, wie schlecht gewaschene Wäsche, bevor er klar und leuchtend wurde.

Augenblicklich hatte der Wunsch, der mich so stark, ja bis zum Ungehorsam trieb, nichts mehr Begeisterndes an sich, nicht einmal mehr etwas Verlockendes, um es so auszudrücken. Er hatte viel mehr von einem Befehl an sich. Furcht befiel mich. Ich war nicht einmal mehr frei, zu mir zu sagen: Schlaf, vergiß all das. Ich mußte aufbrechen.

Ist es dieselbe Furcht, die mich so oft in meinem Leben geweckt hat, mich noch heute in der Morgendämmerung weckt, hervorgerufen durch das Gefühl einer unmittelbar bevorstehenden Reise, manchmal traurig, manchmal fröhlich, fast immer aber zu einem unbekannten Ziel. Handelt es sich immer um denselben Aufbruch?

Als ich glaubte, daß es spät genug sei, stand ich auf und kämmte meine Haare. Seltsamerweise entschloß ich mich, für die Fahrt auf dem Karren mein schönstes Kleid anzuziehen. Ich sagte mir: Bestraft werde ich so oder so; warum nicht gleich für etwas Großes! Ohne Lärm verließ ich das Haus.

Ich kam früh bei meinem Nachbarn an. Er stand beim Wagenschuppen, gähnte und reckte sich in der frühen Sonne. Er betrachtete mich mißtrauisch:

«Hast du die Erlaubnis?»

Ich schluckte schnell und nickte bejahend.

Wenig später kam Florence, mürrisch und verschlafen.

Sie stieg zu uns auf den Wagensitz.

«Hü! Marsch!» rief der Mann.

Und wir fuhren los in dieser frischen Morgenstunde, die mir die Verwandlung der Dinge und der Welt – und zweifelsohne meine eigene – versprochen hatte.

II

Anfangs hielt die Reise ihr Versprechen. Wir rollten mit großem Getöse durch die stillen und leeren Straßen einer Stadt; die Häuser sahen alle aus, als schliefen sie noch, in einer seltsamen und friedvollen Atmosphäre von Stille; niemals hatte ich an unserer kleinen Stadt dieses abwesende, sanfte und ergebene Aussehen bemerkt.

Es schien mir, als ob die aufgehende, helle Sonne sie bleichte und reinigte. Ich hatte den Eindruck von einer vollkommen unbekannten, weit entfernten, noch zu entdeckenden Stadt. Und ich war erstaunt, daß ich dennoch undeutlich Gebäude, Kirchtürme und Straßenkreuzungen erkannte, die ich schon einmal gesehen haben mußte; wie aber hätte das sein können, da ich an diesem Morgen die bekannte Welt verlassen hatte und eine neue betrat.

Bald begannen Straßenbahnen und einige Autos zu fahren. Sie in der Ferne auftauchen und näherkommen zu sehen, verursachte in mir ein lebhaftes Empfinden von der Verschiedenheit der Epochen. Was taten diese Straßenbahnen und diese Autos in unserer Zeit, die dem Pferdewagen gehörte, dachte ich voll Vergnügen. Als wir Winnipeg erreichten und von dem schon ziemlich starken Verkehr erfaßt wurden, war mein Eindruck des Seltsamen so groß geworden, daß ich an einen Traum glaubte und in die Hände klatschte. Ohne Zweifel war selbst damals ein Pferdewagen inmitten einer Stadt eine Seltenheit. Alles fuhr sehr schnell und leicht an uns vorbei. Wir mit unserem behindernden und bedächtigen Gang rollten wie ein langsamer, großartiger Film daher: Ich bin die Vergangenheit; ich bin die alte Zeit, sagte ich mir mit Inbrunst.

Leute blieben stehen, um uns vorbeifahren zu sehen. Auch ich betrachtete sie, aber wie aus weiter Ferne. Was gab es zwischen uns und dieser modernen, lauten und gehetzten Stadt Gemeinsames? Immer mehr empfand ich mich, auf der Höhe des Wagens, wie eine Überlebende; ich hielt an mich, um nicht die Menge und die Straßen und die Stadt zu grüßen, als seien sie Wesen, die von Glück sprechen konnten, daß sie uns vorbeifahren sahen.

Denn ich teilte mich gern in zwei Personen, Schauspieler und Zuschauer. Manchmal war ich die Menge, die diesen wunderbaren Wagen aus der Vergangenheit vorüberfahren sah, dann wieder war ich das Wesen, das von oben herab die Zeit von heute betrachtete.

Währenddessen machten die Schwierigkeiten, die nervös gewordenen Pferde durch diesen Lärm und dieses Durcheinander zu lenken, den Fuhrmann an meiner Seite unglaublich gereizt; ich hätte ihn für ruhiger und sicherer gehalten. Er hörte nicht mehr auf, zu schimpfen oder sogar laut über alles zu fluchen, was uns in den Weg kam. Mir mißfiel das immer mehr. Ich hatte das Gefühl, daß er durch seine schlechte Laune verdarb, was unser Erscheinen für die armen Leute der heutigen Zeit an Angenehmem und leichthin Unpassendem bedeuten konnte. Ich hätte mich gern von ihm getrennt. Aber wie das anstellen, da ich an seiner Seite saß?

Schließlich gelangten wir zu den kleinen, ruhigeren Straßen. Da sah ich, daß wir in die Richtung von Fort-Garry fuhren.

«Fahren wir dorthin?»

«Ja», antwortete mir Monsieur Pichette unfreundlich. «Dorthin.»

Die Hitze wurde unerträglich. Ohne irgendeinen Schutz, zwischen den schweren Mann und Florence gezwängt, die sich nicht die geringste Mühe gab, mir einen bequemeren Platz zu verschaffen, begann ich, darunter zu leiden. Nach einigen Stunden endlich erreichten wir fast die Felder. Die Häuser standen noch nebeneinander in kleinen, geraden, aber sehr kurzen Straßen, hinter denen die Ebene wie ein weit hingestrecktes Land erschien, ein Land, das sich in seiner ganzen Größe so weit erstreckte, daß man bestimmt nie sein Ende oder seinen Anfang sehen konnte. Mein Herz begann wieder vor Aufregung zu pochen.

Da beginnt das Land der Ebene, sagte ich mir, da beginnt die unendliche Ebene Kanadas.

«Sind wir schon in der richtigen Ebene?» fragte ich. «Oder sind wir trotzdem immer noch in den Bezirken der Stadt?»

«Du bist das neugierigste kleine Mädchen, das ich jemals in meinem Leben gesehen habe», brummte Monsieur Pichette, und er gab mir nicht die geringste Auskunft.

Die Straßen waren jetzt nicht mehr gepflastert. Der Wind wirbelte den Staub auf. Die

Häuser standen voneinander getrennt und wurden immer kleiner. Schließlich standen da nur noch schlecht gebaute Hütten aus verschiedenem Material: ein wenig Blech, Balken, die einen gestrichen, die anderen aus rohem Holz; und alles schien mir über Nacht gebaut worden zu sein, um am folgenden Morgen wieder abgerissen zu werden. Doch obwohl noch unvollendet, erschienen die kleinen Häuser dennoch alt. Vor einem von ihnen hielten wir an.

Die Leute hatten begonnen, drinnen und draußen ihre Habe aufzustapeln, in Pappkartons oder durcheinander in Decken geworfen, deren geknotete Enden aus ihnen so etwas wie Bündel machten. Aber sie waren noch nicht sehr weit, zum Ärger von Monsieur Pichette, der beim Eintreten wütend schimpfte.

«Da verlangt man nur fünf Dollar, um Möbel und Leute zu transportieren. Und sie sind trotzdem nicht fertig, wenn man kommt.»

Alle zusammen trugen wir dann die Sachen aus der Hütte zum Wagen. Ich fand Geschmack daran und trug selber zahlreiche kleine Dinge, die mir in die Hände gerieten: Töpfe mit nicht passenden Deckeln, eine große Suppenterrine, eine angeschlagene Wasserkanne. Ich glaube, ich versuchte, mir durch Betäubung um jeden Preis den Rest meiner glücklichen Stimmung zu bewahren. Denn im Grunde merkte ich, daß das Abenteuer sich in etwas Armseliges verkehrte. Diese arme Frau mit dem erschöpften Aussehen, den ins Gesicht hängenden Haaren, und der Mann nicht liebenswerter als Monsieur Pichette. Ich sah da zum erstenmal Menschen an eine Existenz gebunden, von der ich nichts ahnte; sie schien mir entsetzlich düster und so gänzlich ohne jeden Ausweg. Deswegen versuchte ich, ihnen zu helfen, soviel ich konnte, und ich machte mich daran, ganz allein ziemlich große Gegenstände zu tragen. Schließlich sagte man mir, mich ruhig zu verhalten, weil ich jedermann im Wege stehe.

Ich ging zu Florence, die in einiger Entfernung auf einem kleinen Bretterzaun saß.

«Ist das immer so?» fragte ich.

«Ja, genauso – oder schlimmer.»

«Kann das noch schlimmer sein?»

«Viel schlimmer. Die hier», sagte sie, «haben Betten, Kommoden...»

Daraufhin lehnte sie es ab, mir noch mehr darüber zu sagen.

«Ich habe Hunger», entdeckte sie plötzlich, und sie ging eine kleine Frühstücksdose holen, packte Butterbrot und einen Apfel aus und begann, vor meinen Augen zu essen.

«Hast nichts zu essen mitgenommen?» fragte sie mich.

«Nein.»

«Hättest du aber sollen», und sie biß weiter mit großem Appetit in ihr Brot, ohne mir eine Krume davon anzubieten.

Ich beobachtete die Männer, wie sie abgenutzte Matratzen herausbrachten, die sie auf Armeslänge von sich entfernt trugen. Neue Matratzen bieten keinen allzu betrüblichen Anblick, aber, fragte ich mich, gibt es einen widerlichern Haushaltsgegenstand als eine gebrauchte oder schmutzige Matratze? Dann trugen die Männer auf ihren Schultern ein altes, geplatztes Sofa heraus, Bettgestelle, Sprungfedern. Ich versuchte, meine Begeisterung anzustacheln, noch eine Flamme daraus zu entfachen. Und deswegen hatte ich wohl – denke ich – folgende Idee, um mich zu trösten: Wir werden diese Leute aus ihrem elenden Leben herausführen, wir werden sie etwas Besserem entgegenführen und ein schönes, sauberes Haus für sie finden.

Ein kleiner Hund strich um uns herum; er winselte vor Hunger; vielleicht war er auch beunruhigt. Noch lieber für ihn als für mich hätte ich gern einige Stücke von Florences Butterbrot gehabt.

«Gibst du ihm nicht ein kleines Stückchen?» fragte ich.

«Soll er sich doch was suchen», sagte sie.

Der Wagen war jetzt voll, und doch gab es daneben auf der Erde fast noch einmal genau-soviel alten Kram unterzubringen.

Mir taten die Pferde leid, die all dies ziehen mußten.

Das Haus wurde vollkommen geleert, nur Stücke von zerbrochenem Geschirr und ein paar völlig unbrauchbare Lumpen blieben zurück. Die Frau kam als letzte heraus. Diesen Augenblick hatte ich mir dramatisch vorgestellt, geschichtlich fast und ohne Zweifel durch eine Handbewegung oder ein bedeutendes Wort gewürdigt. Aber dieses arme, müde, von Staub bedeckte Wesen drückte offensichtlich nicht das geringste Bedauern aus, die Türschwelle zu überschreiten und vielleicht zwei, drei oder vier Jahre ihres Lebens hinter sich zu lassen.

Sie sagte nur:

«Los, wir müssen uns beeilen, wenn wir noch vor Nacht in unserer neuen Wohnung sein wollen.»

Sie stieg auf den Wagensitz und nahm eins der jüngsten Kinder auf ihren Schoß. Die anderen brachen mit dem Vater auf, zuerst ein Stück zu Fuß, danach weiter mit der Straßenbahn, um uns, wie beschlossen, am neuen Ort zu erwarten.

Florence und ich mußten hinten zwischen den aufgestapelten Möbeln stehen.

Der riesige Karren sah jetzt ganz und gar wie ein Ungeheuer aus; Eimer und Bottiche schaukelten an den Seiten, Stuhlbeine ragten in die Luft, und große unförmige Bündel quollen oben und unten hervor.

Die Pferde zogen mit aller Kraft an. Wir setzten uns in Bewegung. Da begann der kleine Hund, hinter uns herzulaufen, und jaulte dabei aus Furcht und Verzweiflung so laut, daß ich, im Glauben, man habe ihn vergessen, schrie:

«Der kleine Hund! Er wird vergessen! Anhalten. Wir müssen auf den kleinen Hund warten.»

Da niemand sich darum kümmerte, fragte ich die Frau – sie hieß Frau Smith:

«Gehört er nicht Ihnen?»

«Ja, er gehörte uns, nehme ich an», war die Antwort.

«Er läuft uns nach, warten wir doch auf ihn», bat ich.

«Haben wir denn nicht schon genug aufgeladen?» ließ sich der Transporteur mit scharfer Stimme vernehmen, und er schlug auf seine Pferde ein.

Noch während einer langen Weile lief der kleine Hund hinter uns her.

Es war aber kein Hund, der lange laufen konnte; seine Beine waren zu kurz und zu krumm. Aber er gab sich so große Mühe. O ja, er gab sich so große Mühe!

Er wird doch nicht versuchen, uns durch die ganze Stadt zu folgen, dachte ich erschrocken. Ungelenk, zerstreut und bekümmert, wie er ist, wird er ganz sicher von einem Auto oder einer Straßenbahn überfahren werden. Ich weiß nicht, was ich mehr fürchtete: Zu sehen, wie er allein zu dem verlassenen Haus zurückkehrte, oder daß er trotz allem durch die ganze Stadt zu laufen wagte. Schon waren wir in einer Straße mit Schienen. Von weitem kam eine Straßenbahn heran; einige Autos überholten uns hupend.

Da beugte sich Mrs. Smith von ihrem Sitz. Sie rief dem kleinen Hund zu:

«Fort!»

Danach rief sie noch lauter: «Fort, Sans-Génie!»

So hatte er also einen Namen, zumindest einen Spitznamen. Und dennoch ließ man ihn zurück!

Betroffen hielt der kleine Hund inne, zögerte einen Augenblick, dann legte er sich flach auf den Boden; seine Augen auf uns gerichtet, sah er uns verschwinden, während er angstvoll jaulte, an der Schwelle der großen Stadt.

Und wenig später war ich froh, ihn nicht mehr sehen zu müssen.

III

Ich habe immer geglaubt, daß das menschliche Herz ein wenig dem Meer ähnelt, daß es ebenfalls Gezeiten unterworfen ist, daß in ihm die Freude mit ihrem Gesang von den Wellen, dem Glück und der Seligkeit langsam anschwillt; daß aber anschließend die zurückweichende Flut vor unseren Augen eine unsägliche Trostlosigkeit ausbreitet. So geschah es mit mir an jenem Tag.

Wir hatten wieder fast die ganze, riesengroße Stadt durchquert, die vielleicht nicht so riesengroß, sondern eher verstreut war und sich in bizarrer Weise weithin ausdehnte. Die Hitze des Tages verringerte sich. Ich glaube sogar, daß die Sonne im Begriff war unterzugehen. Unser Wagen, unförmig wie ein armes, krankes Tier, wandte sich nach den ärmeren Vierteln, die unzusammenhängend und entfernt, ganz am entgegengesetzten Ende der Stadt lagen, aus dem wir kamen.

Um sich die Zeit zu vertreiben, amüsierte sich Florence damit, die Schubladen einer alten Kommode aufzuziehen und in dem Durcheinander zu wühlen, das sie vorfand und das, wie mir schien, ganz dem Bild entsprach, das ich von jenem Tag hatte, verblichene Bänder, alte Postkarten, auf deren Rückseite man einmal geschrieben hatte: «Wunderschönes Wetter, Grüße und Küsse», Hutfedern, Lichtrechnungen, Mahnungen vom Gaswerk, kleine Kinderschuhe. Das schreckliche Mädchen holte mit beiden Händen all diese Dinge heraus, untersuchte sie, las und lachte! Einmal, da sie fühlte, daß ich sie beim Herumwühlen beobachtete und ihr Tun mißbilligte, schaute sie zu mir herüber, dann drehte sie mir aus Verdruß eine lange Nase.

Der Tag ging immer mehr seinem Ende

zu. Wieder befanden wir uns in den kleinen, trüben, baumlosen Straßen, die denjenigen, aus denen wir die Smiths geholt hatten, so ähnlich waren, daß ich den Eindruck gewann, wir hätten die ganze Reise umsonst gemacht. Vielleicht würden wir gar bei derselben Hütte anlangen, aus der ich sie für immer zu holen gehofft hatte?

Am Ende einer jeden dieser kleinen Straßen zeigte sich wieder die unendliche Ebene, jetzt aber fast dunkel, gerade noch am Rande des Horizonts in ein dunkles Rot getaucht, eine unendliche Ebene, träumerisch und traurig.

Schließlich waren wir da.

Gegen das Rot des Himmels hob sich schwarz ein kleines, einsames Haus ab; ohne Keller stand es auf ebener Erde, ziemlich weit von seinen Nachbarn entfernt. Es schien mir nicht alt zu sein, doch war es schon voll von Gerüchen, die ohne Zweifel von den alten Sachen und Lumpen der Leute herrührten, die es gerade verlassen hatten. Doch war nicht einmal eine elektrische Birne zurückgeblieben.

Im Halbdunkel machte sich Mrs. Smith jammernd auf die Suche danach in einem ihrer Bündel; sie erinnerte sich überhaupt nicht mehr, wo sich die zwei oder drei der so sorgfältig eingepackten Birnen befanden. Ihr Mann, der kurz vor uns angekommen war, begann, gereizt über die Dunkelheit und die Ungeschicklichkeit seiner Frau, über ihre Nachlässigkeit zu schimpfen. Die Kinder hatten Hunger. Verängstigt fingen sie zu weinen an, ihre Stimmen besaßen einen jammernden und entnervenden Ton, der mich an das Jaulen des kleinen, verlassenen Hundes erinnerte. Der Mann und die Frau teilten ein paar Ohrfeigen aus, ziemlich ungezielt, wie mir schien. Schließlich fand sich eine Birne. Ein trübes Licht verbreitete sich, als schämte es sich, einen so traurigen Anfang beleuchten zu müssen. Eins der Kinder, von wer weiß was für seltsamem Heimweh gepeinigt, flehte:

«Warum kehren wir nicht nach Hause zurück? Hier ist nicht daheim! Oh, warum gehen wir nicht nach Hause!»

Trotz allem hatte Mrs. Smith daran gedacht, ein Säckchen Mehl, einen Topf und Eier hervorzukramen, während sie nach den Birnen suchte, und bereitete jetzt den Ihren etwas zu essen. Ich glaube, dieser Anblick betrübte mich am meisten: diese arme Frau, die inmitten des ärgsten Durcheinanders und fast im Dunkeln sich daran machte, Pfannkuchen zu bereiten. Sie bot mir einige davon an. Ich aß mehrere, denn ich hatte jetzt großen Hunger. In diesem Augenblick bedauerte sie es wohl, den kleinen Hund zurückgelassen zu haben. Das war der einzige kleine Lichtblick am Ende dieses so schrecklichen Tages.

Währenddessen hatte Monsieur Pichette, in dem Bestreben, fertig zu werden, eilig den

Wagen geleert. Als alles vor der Tür auf dem Boden stand, kam er zu Mr. Smith und sagte:

«Das macht fünf Dollar.»

«Aber Sie sollten mir doch helfen, alles hereinzutragen», sagte Mr. Smith.

«Niemals in meinem Leben. Meine Arbeit ist getan.»

Der arme Mr. Smith kramte in seiner Tasche und suchte fünf Dollar in verschiedenen Scheinen und Münzen zusammen, die er dem Transporteur reichte.

Der zählte das Geld in dem schwachen Lichtschein, der aus dem Haus drang, nach und sagte:

«Stimmt genau.»

In dem Lichtschein, der aus dem Haus kam, bemerkte ich, wie müde auch unsere Pferde waren. Sie blinzelten mit den Augen und sahen ganz verloren aus, ohne Zweifel von den vielen Umzügen. Vielleicht würden die Pferde gern immer nur dieselbe Strecke zurücklegen, auf diese Weise würden sie sich nicht zu sehr in ihren Gewohnheiten gestört fühlen. Aber immer wieder durch neue Straßen ziehen zu müssen, einem unbekannten Ziel entgegen, mußte sie verwirren und ermüden. Ich hatte noch Zeit, einem jeden von ihnen in aller Eile eine Handvoll zartes Gras vom Straßenrande zu holen, von dort, wo die unendliche, träumerische Ebene beginnt.

Was hätten wir uns auf dem Heimweg zu sagen gehabt? Sicherlich nichts, und so sagten wir nichts. Es war völlig Nacht, schwarz und undurchdringlich, als wir uns schließlich dem alten Wagenschuppen näherten, der mir einmal mehr an Zauber- und Wunderdingen zu bergen schien als Aladins Höhle.

Monsieur Pichette reichte mir dann sogar die Hand, um mir beim Heruntersteigen behilflich zu sein. Er gehörte zu jenem Menschenschlag – wenigstens habe ich ihn seitdem als solchen beurteilt –, der, nachdem er sich den ganzen Tag lang mürrisch und verabscheuenswürdig gezeigt hat, versucht, vielleicht in der letzten Minute durch ein freundliches Wort den schlechten Eindruck zu verwischen, den er hinterlassen hat. Aber es war zu spät, viel zu spät.

«Bist du nicht sehr müde?» fragte er mich, glaube ich.

Ich schüttelte den Kopf und entfloh nach einem schnellen «gute Nacht» und einem widerwilligen «Danke». Der Gehsteig hallte in dieser großen Stille unter meinen Schritten laut, als ich auf unser Haus zulief.

Ich glaube nicht, daß ich mich auf die Rückkehr in ein Leben freute, das in all seiner Bescheidenheit doch so unendlich weit von dem der Pichettes und der Smiths entfernt war. Ich war mir noch nicht bewußt geworden, daß diese ganze Seite eines aussichtslosen, freud- und mitleidlosen Lebens, die mir der heutige Umzug enthüllt hatte, mehr als je meinen brennenden Wunsch nach Aufbruch nähren würde.

Nein, ich dachte nur an die Unruhe meiner Mutter, an meine Eile, sie wiederzusehen und sie um Verzeihung zu bitten – und vielleicht auch ihr ein großes, geheimnisvolles Unrecht zu verzeihen, dessen Wesen ich nicht verstand.

In der Tat befand sie sich in einem Zustand solcher Aufregung – obwohl sie von den Nachbarn gehört hatte, daß ich sehr früh mit den Pichettes aufgebrochen war –, daß ihr Zorn die Oberhand gewann, als sie mich sah. Sie hob die Hand, als wollte sie mich schlagen. Sicherlich dachte ich nicht daran, der Strafe auszuweichen. Vielleicht wünschte ich sie sogar. Aber ich weiß nicht, welche Verzweiflung über die Enttäuschung von mir Besitz ergriff, dieses Gefühl einer schrecklichen Leere im Herzen, nachdem es zum Bersten voll gewesen war. Ich sah meine Mutter an und rief aus:

«Ach, warum nur hast du hundertmal gesagt, daß damals in der Ebene die Welt vom

Sitz des Wagens aus so neu, so schön und so rein erschien?»

Erstaunt betrachtete sie mich.

«Das ist es also!» sagte sie.

Und plötzlich, zu meiner größten Überraschung, zog sie mich an sich, wiegte mich in ihren Armen und sagte:

«Du also auch! Du hast also auch unsere Krankheit, das verlangende Fernweh. Was für ein Verhängnis!»

Dann barg sie mein Gesicht an ihrer Brust und begann halblaut eine Art wehmütigen Gesang, ohne Melodie und fast ohne Worte:

«Armes», sagte sie. «Mein Armes, Armes. Was soll aus dir werden!»

Die Straße nach Altamont

I

An einem schönen Sonnentag fuhren meine Mutter und ich, die am Steuer meines kleinen Autos saß, über die Ebene, und da wir schon seit Stunden nichts als die große Weite vor uns hatten und unsere Augen langsam etwas müde wurden, hörte ich meine Mutter neben mir leise seufzen:

«Wie kommt es, Christine, daß Gott nicht daran gedacht hat, wenigstens einige kleine Berge in diese unendliche Ebene zu setzen?»

In den letzten Jahren hatte sie uns viel von den Bergen in ihrer Heimat, der alten Provinz Quebec, erzählt. Eine rauhe Bergkette, mit ihren Spitzen und Tälern, die in Tannenwälder ausliefen; es war eine fast feindliche Schar, die das kleine, arme Land behütete. Es gab dort nichts, wonach man sich hätte sehnen können. Dennoch war bei uns noch viel von diesem Land die Rede, das unsere Familie seit ihrem Bestehen hinter sich gelassen hatte, als ob es zwischen uns und den verlassenen Bergen ein geheimnisvolles, verwirrendes und verborgenes Band gäbe... Es war nicht viel, was ich davon wußte. Eines Tages hatte Großvater – vielleicht wegen der geschlossenen Bergkette – die Vision einer unendlich weiten Ebene gehabt; auf der Stelle war er zum Aufbruch bereit gewesen; so war er. Großmutter, genauso beständig wie ihre Berge, hatte sich ihm lange Zeit widersetzt. Aber schließlich war sie unterlegen. In einer Familie trägt fast immer der Träumer den Sieg davon. Das ist alles, was ich in bezug auf die Berge wußte. Und noch an jenem Tag sagte ich zu meiner Mutter, ohne zu wissen, daß ich ihr damit weh tat:

«Schau, Maman, deine Berge waren wie alle anderen Berge. Deine Phantasie hat deine Kindheitserinnerungen ausgeschmückt, und deswegen scheinen sie dir jetzt so verlockend. Wenn du sie sähest, wärst du enttäuscht.»

«O nein», sagte Mutter, gereizt wie immer, wenn man versuchte, ihre kleinen Berge, die sie seit fast sechzig Jahren nicht mehr gesehen hatte, herabzusetzen; und sie verneinte mit Nachdruck, daß ihre lebhafte Phantasie dem verblichenen Bild von einer so fernliegenden Landschaft in ihrer Erinnerung Farbe verliehen hätte.

Und auch jetzt erzählte sie mir von ihnen, während wir über das flachste Land der Erde fuhren, diese weite Ebene im Süden Manitobas, die so kahl ist, daß man schon von weitem einen einzelnen, verlorenen Baum erblickt, daß die geringsten Dinge, die in der Ferne auf ihrer Fläche auftauchen, eine eigentümliche, ergreifende Bedeutung erlangen... Selbst der Flug eines einsamen Vogels in einem so großen Raum schnürt einem hier das Herz zusammen.

«Stell dir einmal vor», sagte Mutter, «daß

sich plötzlich alles veränderte; zuerst gäbe es Gestein, eine Menge von kahlen Felsen, einige mit einer dünnen Moosschicht; danach kämen kleine, bewaldete Hügel, die sich in den seltsamsten Windungen der Welt dahinzögen. Man fährt weiter, Christine, um herauszufinden, was zwischen ihnen liegen könnte; aber von neuem öffnen sich die Hänge; man ist gezwungen, eine andere Richtung zu erforschen; so wird man dauernd in Atem gehalten...»

«Ja, vielleicht», sagte ich zu ihr.

Ich persönlich liebte unsere offene Ebene leidenschaftlich; ich glaubte nicht, Geduld genug für diese kleinen, geschlossenen Landschaften aufzubringen, die uns von einer Falle in die andere locken. Was mich ohne Zweifel am meisten an der Ebene entzückte, war das Fehlen des Geheimnisvollen, dieses ernste, offene Antlitz, in dem sich die ganze Unendlichkeit widerspiegelt und das selber doch verschlossener als alles andere ist. Zwischen mir und dem Ruf des großen Rätsels konnte ich mir weder Hügel noch zufällige Unebenheiten denken, die meinen Blick aufgehalten hätten. Es schien mir, daß sie den unbestimmten, aber mächtigen Ruf gestört und geschmälert hätten, den mein Inneres vernahm und der ihm tausend Möglichkeiten des Schicksals bot.

«Oh, du verstehst nicht», sagte Mutter. «Gerade die unerwartete Höhe, die man erreicht, verleiht allem übrigen seinen Wert.»

Aber sie schien ihren alten Wunsch vergessen zu haben, der für einen Augenblick, jung und brennend wiedergekehrt war. Es war im September, an einem dieser schönen und noch warmen Tage, denen jedoch der verschleierte und ein wenig graue Himmel und die abgeerntete Erde eine traurige Sanftheit verleihen, die unserem Herzen so vertraut ist; es sind verlassene Tage; sie gehören nicht mehr dem Sommer und noch nicht dem

Winter. Meine Mutter begann, sich aufmerksam umzusehen.

Im Grunde war sie noch viel zu lebhaft und liebte das Leben noch zu sehr, als daß sie der Zeit, die das Gedächtnis schon aufgezeichnet hat, den Vorzug vor jener gegeben hätte, die gerade im Begriff ist, sich in ihm zu verlieren wie ein Strom im Meer. Sie stimmte mit mir überein, daß das gleichmäßige Gold der Stoppelfelder und das gleichmäßige Blaugrau des Himmels eine strenge Schönheit bildeten, obwohl vielleicht zu gleichmäßig für die Wünsche des Herzens. Doch was für eine schöne Zeit, um zu reisen, sagte sie zu mir. Ja, der Herbst eignete sich wunderbar zum Reisen, für alle Reisen…

Gerade als ich annahm, daß sie ihre Traurigkeit überwunden hatte, hörte ich sie seufzen:

«Trotzdem fehlen hier Bäume und Wasser. In meinen kleinen Bergen, Christine, vermischen sich die Formen des Daseins, Espen,

Birken, Bergahorn – oh, unsere Ahornbäume, die sich im Herbst so rot färben! – und die Buchen von denselben flammendroten Farben. In der Tiefe schlängelt sich, die Farben widerspiegelnd, unser kleiner Fluß Assomption von Bucht zu Bucht.»

Ich war doch erstaunt, zu sehen, wie Mutter über ihr Leben als Erwachsene in Manitoba hinwegging, um Bilder aus einer weiter zurückliegenden Zeit erstehen zu lassen, die mir gestern noch unbekannt waren und die ihr augenblicklich mehr als alles andere zu gefallen schienen. Vielleicht war ich deswegen sogar ein wenig verletzt.

Da kamen wir an eine Wegkreuzung, und ich dachte an etwas anderes, überlegte einen Augenblick, oder im Gegenteil, vielleicht habe ich überhaupt nicht nachgedacht. Heute noch scheint ein leichter Nebel über jenem Tag zu liegen, und ich kann nicht erklären, was mit uns vorging, als ich an dieser einsamen Wegzweigung anlangte.

II

Kennen Sie die schmalen, geraden, unbeweglichen Straßen, die die kanadische Ebene durchziehen und aus ihr ein ungeheures Schachbrett machen, über dem ein sinnender Himmel seit langer Zeit zu überlegen scheint, welche Spielfigur er verrücken soll, sofern er sich jemals dazu entscheidet. Man kann sich dort verirren, man verirrt sich oft. Was ich vor mir hatte, waren – sich zu gleicher Zeit treffend und verlassend, flach im Gras hingestreckt wie die Arme eines übergroßen Kreuzes – zwei kleine Sandstraßen; sie waren vollkommen gleich, schweigsam, ohne Auskunft, genauso schweigsam wie der Himmel und das stille Land um uns, in dem nichts zu vernehmen war als das Flüstern des Grases und manchmal das ferne Trillern eines unsichtbaren Vogels.

Hatte ich denn die Anweisungen, die mein Onkel mir zu Beginn der Reise gegeben hatte, vollkommen vergessen: nach links einbiegen, dann nach rechts, dann nach links? Es ist tatsächlich wahr, die Straßen fügen sich wie in einem unermeßlichen, verwirrenden Spiel zusammen, und wenn man sich ein einziges Mal irrt, vervielfältigt sich der Irrtum anschließend ins Unendliche. Aber vielleicht war es gerade das, was ich wollte. War ich nicht an dieser Kreuzung so hypnotisiert, daß ich nichts mehr selber entscheiden wollte? Immer hatten mich unbekannte Wege angezogen, genauso wie gewisse anonyme Gesichter in einer Menschenmenge. Ich glaube, ich überließ mich dem Zufall. War es aber der Zufall, der an jenem Tag so wunderbare Dinge vollbrachte? Ich wählte die Straße, die mir die unbekanntere von beiden schien. Im Grunde waren es alle beide. Kann es sein, daß mir eine, obwohl der anderen so ähnlich, ein vernehmliches Zeichen gegeben hätte?

Wir fuhren nicht länger als eine Viertelstunde auf dieser kleinen, geraden Straße, die flach durch die Felder führte, als sie eine andere ähnliche kreuzte, die von weither kam. Von neuem, so scheint es mir, weigerte ich mich, mich zu entscheiden, und ließ mich von einer Laune oder Eingebung leiten, oder wie man es nennen mag, und worauf wir uns manchmal lieber verlassen als auf unseren Verstand.

Jetzt bestand kein Zweifel mehr, wir hatten uns verirrt. Hätte ich von hier aus noch zurückfahren und meinen eigenwilligen Weg wiederholen können? Genausogut konnte ich weiterfahren. Und das tat ich, von dem geheimen Vergnügen getrieben, uns in dieser ungeheuren Ebene verirrt zu haben, die doch kein Versteck besitzt.

Diese schmalen Straßen, die ich genommen hatte, um Zeit zu gewinnen und die Autobahn auf Abkürzungen zu erreichen, diese schmalen Straßen im Innern des Landes nannten wir Revierstraßen, und keine sonst schienen mehr als sie in die Ferne und nirgendwohin zu führen. Heute noch sehne ich mich nach diesen kleinen, leeren Straßen, die das ferne Hinterland, diese unvorstellbare Einöde, in tausend Quadrate teilt. Ich sehe wieder ihr schweigsames Zusammentreffen unter dem rätselhaften Himmel; kaum spielt der Wind auf ihnen und wirbelt ein wenig Staub zu einem Lasso. Ich erinnere mich an ihre stumme Berührung, an ihr Erstaunen, sich zu treffen und wieder zu entfernen; zu welchem Ziel? Denn niemals sagen sie, woher sie kommen, wohin sie gehen. Als ich jung war, schien es mir, daß sie zu keinem nützlichen Zweck bestanden, sondern nur der seltsamen Erregung der Seele dienten, die mit ihnen ein gleichsam kindliches und fesselndes Spiel spielte.

Ich folgte also dem Zufall. Etwas anderes blieb sowieso nicht übrig. Wen hätten wir in diesem unbewohnten Land nach dem Weg fragen können? Seit mehr als einer Stunde hatten wir nicht einmal mehr, selbst nicht in der Ferne, das Dach einer Scheune gesehen. In dieser wilden Gegend gab es nicht einmal elektrisches Licht. Ich war einen Augenblick so glücklich, wie ich es selten in meinem Leben gewesen bin.

Woher kam dieses Glücksgefühl? Ich weiß es immer noch nicht genau. Ohne Zweifel handelte es sich um ein Vertrauen, um ein unbegrenztes Vertrauen in eine Zukunft, die selber keine Grenzen hatte. Während meine Mutter auf der Suche nach ihrer glücklichen Zeit in die Vergangenheit zurückkehrte, lag die meine noch vor mir, noch fast völlig unberührt; und ist dieser Augenblick nicht wundervoll, in dem sich alles, was dieses Leben zu bieten hat, noch unberührt in der Ferne abzeichnet, hinter dem Reiz und Zauber des Unbekannten?

Mutter war fast eingeschlafen. Ihr Kopf pendelte hin und her. Von Zeit zu Zeit öffnete sie die Augen ein wenig; wahrscheinlich kämpfte sie gegen ihre Müdigkeit an, aus dieser sonderbaren Furcht heraus, die ich während ihres ganzen Lebens an ihr bemerkt habe, nämlich das Beste und Interessanteste zu versäumen, das sich unverhofft einstellen könnte, während sie für eine Minute ruhte oder für einen Augenblick einschlief. Die Hitze und die Eintönigkeit der Landschaft dämpften ihre Neugierde gegen ihren Willen. Wieder fiel ihr Kopf zurück, ihre Lider wurden schwer, und indem sie sich über die Augen senkten, gewahrte ich in ihrem Blick den Ausdruck einer so unendlichen, körperlichen Müdigkeit, daß vielleicht schon bald weder Mutters Lebhaftigkeit noch ihre Lebensfreude dagegen anzukommen vermochten. Und ich erinnere mich, daß ich beschloß, nicht zu lange zu zögern, um Mutter eine Freude zu bereiten, denn vielleicht würde sie nicht mehr lange darauf warten können. Damals glaubte ich, daß es nicht allzuschwer sein kann, jemanden fröhlich zu stimmen, daß ein liebevolles Wort, eine zärtliche Geste oder ein Lächeln genügten. Ich glaubte, daß es in unserer Macht stehe, eine Seele glücklich zu machen, weil ich noch nicht wußte, daß die verhängnisvollen Wünsche nach Vollkommenheit einige von uns bis an ihr Ende verfolgen; oder auch jene Wünsche, die so schlicht und lauter sind und die dennoch der allerbeste Wille nicht erfüllen könnte.

Vielleicht ärgerte ich mich ein wenig über meine Mutter, daß sie etwas anderes wünschte, als ich für gut befand. Um ehrlich zu sein, erstaunte es mich, daß meine alte und manchmal müde Mutter noch Wünsche hegte, die mir für die Jugend bestimmt zu sein schienen. Ich sagte mir, entweder ist man jung, und das ist dann die Zeit, nach vorn zu stürmen, um die Welt kennenzulernen; oder man ist alt, und dann ist es Zeit, sich zur Ruhe zu setzen.

Hundertmal am Tag sagte ich deshalb zu meiner Mutter:

«Ruh dich doch aus. Hast du nicht schon genug getan? Jetzt ist es an der Zeit, dich auszuruhen.»

Darauf antwortete sie, als hätte ich sie beleidigt:

«Mich ausruhen! Die Zeit dafür kommt noch schnell genug!»

Dann wurde sie nachdenklich und sagte zu mir:

«Weißt du, daß ich dasselbe Hunderte von Malen zu meiner eigenen Mutter gesagt habe, als ich den Eindruck hatte, sie werde alt. ‹Ruh dich aus›, habe ich zu ihr gesagt, und erst jetzt weiß ich, wie sehr ich ihr wahrscheinlich auf die Nerven ging.»

Seit einer Weile schien unsere kleine, unbekannte Straße bergan zu steigen, ohne sichtbare Anstrengung, wahrscheinlich war es eine sehr sanfte Steigung. Dennoch keuchte der Motor ein wenig, und wenn das schon nicht als Beweis genügt hätte, so hätte ich doch, empfindlich, wie ich immer für die geringsten Klimaveränderungen gewesen bin, an der trockeneren, belebenderen Luft gemerkt, daß wir an Höhe gewannen. Ich glaube, daß ich mit geschlossenen Augen beim ersten Atemzug die Luft des Meeres oder auch die der Ebene riechen würde, ganz bestimmt aber die der Hochebene, wegen der wunderbaren Leichtigkeit, die ich empfinde, so als verlöre ich beim Steigen Gewicht – oder Fehler.

Während wir immer höher stiegen, hatte ich den Eindruck, am Horizont eine ferne Reihe von kleinen, blauen, halb durchsichtigen Hügeln zu erblicken.

Ich war an die Luftspiegelungen der Ebene gewöhnt, um diese Stunde traten sie meistens auf, es gab ungewöhnliche, andere schienen vollkommen glaubhaft: manchmal waren es große, spiegelnde Wasserflächen, schwere, leblose Salzseen, oft erschien das Tote Meer selbst bei uns am Horizont; manchmal waren es unwirkliche Dörfer um ihre Getreidespeicher. Und eines Tages, während meiner Kindheit, stieg einmal am Ende der Ebene eine ganze Stadt für mich allein aus der Erde, eine seltsame Stadt mit Kuppelbauten.

Das da sind nichts als Wolken, sagte ich mir; dennoch fuhr ich schneller, als ob ich sie noch erreichen wollte, bevor sich diese kleinen, zarten Hügel in nichts auflösten.

Aber sie verschwanden nicht, wie es bei einer Illusion früher oder später geschieht. Nachdem ich meinen Blick woanders hatte ruhen lassen, waren sie jedesmal wieder da, wenn ich hinschaute. Ihre Umrisse schienen mir klarer zu werden, sie wurden größer und sogar schöner. Und dann – habe ich das alles nur geträumt? so vielen Geschehnissen in unserem Leben wohnt etwas Unbestimmtes und Unerklärliches inne, das uns an ihrer Wirklichkeit zweifeln läßt – schien die

Ebene, die seit Urzeiten flach und fügsam ist, sich zu empören. Zuerst barst sie in Blasen, Risse sprangen auf, tiefe Spalten wurden sichtbar; Felsblöcke durchbrachen ihre Fläche; aus den immer tiefer werdenden Öffnungen erhoben sich Hügelkämme, gewannen an Höhe. Sie liefen von allen Seiten zusammen, als ob das Land, aus seiner starren Unbeweglichkeit erlöst, sich in Bewegung gesetzt hätte, in Wellen auf mich zukäme, so wie ich ihnen entgegenfuhr. Schließlich war kein Zweifel mehr möglich: Auf allen Seiten entstanden kleine Hügel; sie begleiteten uns in einer gewissen Entfernung, dann näherten sie sich plötzlich, wir waren vollkommen von ihnen eingeschlossen.

Jetzt stieg auch die kleine Straße sichtbar an, ohne Verstellung, in munterer Weise, mit kleinen fröhlichen Sprüngen und Wendungen wie ein junger Hund an der Leine; und ich mußte während der Steigung die Geschwindigkeit vermindern. Im Vorbeifahren drang von Zeit zu Zeit das Gemurmel von Wasser, das über einen Felsen floß, an mein Ohr.

Oh, Mutter hat recht, dachte ich, die Berge sind aufregend, indem sie mit uns ein Spiel voll von Erwartung und Überraschung spielen und uns wirklich in Spannung versetzen.

Und bald zeigten sie sich, so wie meine Mutter sie wollte, mit dürrem Gesträuch bedeckt, kleine Bäume ohne sicheren Stand auf dem schrägen Abhang, aber von der Sonne beschienen und von hellem Licht durchströmt, so daß ihr leuchtendes Blätterwerk in der sonnenheißen Luft zitterte. Dies alles, die Flächen der ausgedörrten Felsen, die roten Beeren an dünnen Zweigen, die scharlachfarbenen Blätter des Unterholzes, all das bildete ein prachtvolles Durcheinander, ohne Leben fast, und dennoch, was für ein Lebensschrei ging von ihnen aus!

Da erwachte meine Mutter plötzlich.

Hatte jemand ihr in ihrem Schlaf erzählt, daß die Berge wieder da waren? Auf jeden Fall öffnete sie die Augen, als die Landschaft am schönsten war, gerade als ich mir vorgenommen hatte, sie am Ärmel zu zupfen und ihr zu sagen: «Sieh doch nur, nun sieh doch, was es für dich gibt, Mamatchka!»

Zuerst schien sie völlig verwirrt zu sein. Glaubte sie sich in das Land ihrer Kindheit zurückversetzt, dort wo sie begonnen hatte, so daß ihr ganzes, langes Leben noch einmal vor ihr lag? Oder dachte sie, daß die Landschaft sie und ihre Wünsche zum besten habe und sie einer Sinnestäuschung erliege?

Aber ich kannte sie noch nicht gut genug. Da Mutter im Grunde viel leichter als ich Glauben und Wirklichkeit akzeptierte, erfaßte sie sofort die einfache, wunderbare Wahrheit.

«Christine, begreifst du das! Wir sind in den Pimbina-Bergen. Weißt du, diese einzigartige Gebirgskette im Süden von Manitoba!

Immer habe ich sie einmal sehen wollen. Dein Onkel behauptete, daß keine Straße hinführe. Aber es gibt doch eine, es gibt eine! Und du, liebes Kind, hast sie entdeckt!»

Wie könnte ich es wagen, ihre Freude an jenem Tag anzurühren, sie zu entweihen, indem ich ihr tiefes Geheimnis zu entdecken suchte! Jede Freude ist so geheimnisvoll, vor ihr erkenne ich am besten das Unvermögen der Worte und die Ehrfurchtslosigkeit, alles erklären zu wollen, die selbst vor den Gefühlen des menschlichen Herzens nicht haltmacht.

Und vor allem geschah zwischen Mutter und den kleinen Bergen alles in einer solchen Stille! Ich fuhr langsam, um sie alles in Ruhe betrachten zu lassen, und bemerkte, wie ihr Blick von einer Seite zur anderen schweifte. Wir stiegen immer noch weiter an, und die Hügel drängten sich rechts und links von uns, als ob sie uns vorbeifahren sehen wollten, da sie in ihrer Abgeschiedenheit wohl nicht öfter menschliche Wesen zu sehen bekamen als wir Hügel. Dann hielt ich an. Ich stellte den Motor ab. In ihrer Hast, auszusteigen, wußte Mutter nicht mehr, mit welchem Griff sie die Tür öffnen konnte. Ich half ihr. Ohne ein Wort machte sie sich allein auf den Weg in die Berge.

Sie kletterte zwischen dürren Sträuchern hindurch, die sie für einen Augenblick an ihrem Rock festhielten. Mit den gelenkigen Bewegungen einer Gemse stieg sie bergan, indem sie alle Augenblicke den Kopf hob... Dann verlor ich sie aus den Augen. Als sie nach einer guten Weile wieder auftauchte, stand sie auf der Anhöhe eines der steilsten Hügel – eine winzig kleine Silhouette in der Entfernung, unendlich allein auf der vorspringenden Felsspitze. Neben ihr stand eine kleine, schiefe, verkrüppelte Tanne, die dort oben im Wind ihren Platz gefunden hatte. Und als ich Mutter und den einsamen Baum da oben Seite an Seite erblickte, kam mir der sonderbare Gedanke, daß man vielleicht manchmal sehr allein sein muß, um sich zu finden.

Doch was sagten sich Mutter und die kleinen Berge an jenem Tag? Gaben die Hügel wirklich Mutter ihre glückliche Kinderseele wieder? Und warum kennt das menschliche Wesen in seinem Alter kein größeres Glück, als in sich sein junges Gesicht wiederzufinden? Handelt es sich da nicht eher um etwas unendlich Grausames? Woher, woher kommt das Glück einer solchen Begegnung? Wäre es möglich, daß die gealterte Seele, voll Mitleid über ihre verschwundene junge Seele, dieser über die Jahre hinweg wie ein Echo zärtlich zuruft: «Sieh, ich kann noch fühlen, was du gefühlt hast... lieben, was du geliebt hast...» Und ganz sicher antwortet das Echo etwas... Aber was? Von diesem Zwiegespräch wußte ich damals noch nichts, ich fragte mich ganz einfach, was meine Mutter so lange auf dem Felsen, mitten im Wind, zurückhalten könnte; und wenn sie dort ihr vergangenes Leben wiederfand, worin bestand dann sein Glück? Wozu konnte es gut sein, mit siebzig Jahren auf einem kleinen Berg seiner Kindheit die Hand zu reichen? Und wenn seine Kindheit wiederfinden das Leben ist, dann muß in jenem Augenblick, da das Alter sie eines Tages einholt, der kleine Reigen fast beschlossen, das Fest beendet sein. Ich hatte plötzlich schreckliche Eile, Mutter zu mir zurückkehren zu sehen.

Schließlich kam sie vom Hügel herunter. Um sich Haltung zu geben, brach sie von einem fast abgestorbenen Strauch einen Zweig mit flammendroten Blättern, mit dem sie beim Näherkommen ihr gesenktes Gesicht streichelte. Denn sie kam zurück, ohne mich anzublicken, und erst nach längerer Zeit, als wir uns nur noch über alltägliche Dinge unterhielten, wendete sie mir ihren Blick wieder zu.

Sie setzte sich ohne ein Wort neben mich.

Schweigend fuhren wir los. Verstohlen betrachtete ich sie von Zeit zu Zeit. Ich sah die Freude in ihren Augen glänzen wie ein entferntes Wasser, und für einen Augenblick stieg es sogar als wirkliche Tränen herauf. So verwirrt war sie also von dem, was sie gesehen hatte! Ich war plötzlich beunruhigt. Die kleinen Hügel erschienen mir jetzt mißgestaltet, bucklig, fast unheimlich; ich hatte Eile, die offene und klare Ebene wiederzufinden.

Da ergriff Mutter mit einer gewissen Unruhe meinen Arm.

«Christine», fragte sie, «hast du diese wunderbare kleine Straße irrtümlich gefunden?»

«Die Unbesonnenheit der Jugend hat doch ihr Gutes», antwortete ich ihr scherzhaft.

Aber ich sah sie wirklich beunruhigt.

«So wäre es also möglich, daß du sie nächstes Jahr nicht wiederfindest, wenn wir zu deinem Onkel zurückkehren, vielleicht findest du sie nie mehr wieder. Es gibt Wege, Christine, die man völlig verliert...»

«Was soll ich also tun?» neckte ich sie sanft. «Wie der Däumling Brotkrumen ausstreuen?...»

In diesem Augenblick traten die Hügel etwas zurück. In einer Talsenke, zwischen schmächtige Tannen gebettet, erschien ein Weiler, der wie ein Bergdorf aussah, mit seinen vier oder fünf Häusern, die an verschiedenen Höhen des hügeligen Bodens hafteten; an einem glänzte das rote Postschild. Kaum hatten wir es erblickt, war das Dorf schon unserem Blick entschwunden, obwohl das Rauschen seines Flüßchens, irgendwo in den Felsen, uns noch eine Weile verfolgte. Mutter hatte Zeit gehabt, den Namen des Ortes auf dem Postschild zu lesen, ein Name, der sich wahrscheinlich wie ein Pfeil in ihrem Gedächtnis eingrub.

«Das ist Altamont», sagte sie strahlend.

«Nun, da hast du deinen Anhaltspunkt, du wolltest doch etwas Genaues auf dieser Reise.»

«Ja», sagte sie, «und vergessen wir es niemals, Christine. Behalten wir es in unserem Gedächtnis. Das hier ist der Schlüssel zu den Hügeln, der einzige, den wir mit Bestimmtheit wissen, der Weg nach Altamont.»

Und während sie sprach, wurden unsere Hügel plötzlich immer niedriger, verwandelten sich in kleine Erdhügel, die sich kaum noch über den Boden erhoben, und fast augenblicklich empfing uns die Ebene, die sich in ihrer vernichtenden Unbeweglichkeit nach allen Seiten ausdehnte, alles verleugnend, was nicht zu ihr gehörte. Mutter und ich, wir wandten uns beide um, um zurückzuschauen. Von den kleinen Bergen, die der Abend schon aufgenommen hatte, war fast nichts mehr zu sehen, nur ein leichter Schatten gegen den Himmel, ein kaum noch wahrnehmbarer Umriß, wie ihn Kinder machen, wenn sie sich damit vergnügen, Himmel und Erde zu zeichnen.

III

Wieder machte ich mich mit meiner Mutter im nächsten Herbst, zur Erntezeit, die sie so liebte, auf den Weg, um wie alljährlich ihre Brüder zu besuchen. Es gab zwei Zeiten im Jahr, wo es meine Mutter nicht mehr im Haus hielt. Sie hatte immer mit ganzer Seele an den Jahreszeiten gehangen, und sie vernahm ihren unwiderstehlichen Lockruf; vor allem aber zur Zeit der Saat und zur Zeit der Ernte. Sie wurde ihrer, wie mir schien, auf unergründliche Weise gewahr, mitten in der Stadt, auf der Straße, manchmal in einem vollen Geschäft. Mutter zog die Luft ein, hob den Kopf und verkündete: «Heute muß Cléophas mit der Kornsaat angefangen haben...» Es folgten drei oder vier Tage vollkommener Ruhelosigkeit, an denen sie gleichzeitig den großen Hausputz in Angriff nahm, Näharbeiten anfing, in die Stadt fuhr und wer weiß was noch unternahm! Ohne Zweifel wollte sie ihren Wandertrieb beschwichtigen, denn wenn jemals einer von uns davon besessen war, dann war sie ganz bestimmt die erste, bevor sie dann bemerkte, daß wir alle, ihre Kinder, eins nach dem anderen von ihm gepackt wurden und sie verließen.

Wir kamen bei Onkel Cléophas an, als gerade das Korn gedroschen wurde. Was für eine rege Tätigkeit herrschte damals zu der Zeit auf unseren Höfen in Manitoba! Zwölf bis fünfzehn Männer, die während der Erntezeit beschäftigt wurden, wohnten auf dem Hof, einige im Wohnhaus, andere schliefen in kleinen Scheunen, die man mit Feldbetten als Schlafräume hergerichtet hatte; und manchmal, so scheint es mir, brach man sogar Fenster durch die Wände, um genug Luft hineinzulassen, wenn es nur eine Tür gab, die ständig offenstand.

Diese Leute, die gleichzeitig Knecht, Gast und Freund waren – wie soll man das gute Verhältnis benennen, das wir alle miteinander hatten –, diese Leute kamen von allen Teilen Kanadas, vielleicht müßte ich sagen der Welt, denn das war das Erstaunliche, daß sich Menschen von so verschiedenen Nationen und so unterschiedlichem Charakter auf unseren entfernten Ländereien zusammenfanden, um Korn zu ernten: junge Studenten, frisch von der Universität, die wir den ganzen Tag von Reformen und Veränderungen sprechen hörten; alte Starrköpfe, die allem abgewandt waren; oder jene Art von Herumstreichern und geborenen Geschichtenerzählern, die nur für den Abend zu leben scheinen, wenn sie das Wort ergreifen; und natürlich alle möglichen Einwanderer; kurz, traurige und lärmende Leute, und egal, was sie erzählten, immer war es ein Stück von ihrem Leben.

Wenn ich an die Abende von damals denke, auf dem Anwesen meines Onkels inmitten der Nacht über der Ebene, so habe ich den Eindruck, mein Ohr sei an eine dieser Muscheln gepreßt, in denen man ein unermüdliches Gemurmel vernimmt. In diesem abgelegenen Haus schwang etwas vom ganzen Erdball mit. Denn niemals war die Müdigkeit dieser Männer groß genug, um sie am Abend, wenn das Ächzen der Maschinen für einige Stunden verstummt war, daran zu hindern, etwas von sich selber mitzuteilen, das einzigartig war und sie einander näherbrachte.

Von jenen Abenden, die wie ein Wettstreit in Gesang und Geschichtenerzählen abliefen, stammt ohne Zweifel der Wunsch, der mich seitdem nicht mehr verlassen hat, nämlich gut erzählen zu lernen; so sehr hat mich damals, glaube ich, die überwältigende und wunderbare Macht dieser Gabe beeindruckt.

Es ist wahr, daß Mutter mir schon immer ein Beispiel davon gegeben hatte, aber niemals wie zu jenen Zeiten der machtvollen

Anregungen, wo die Vergangenheit sich in ihr mit einer besonderen Kraft belebte; denn dieses Land, das damals schon sehr entwickelt war, hatte mein Onkel vom Großvater übernommen, der es selber in noch unbebautem Zustand in Besitz genommen hatte.

Dieses alte Thema von der Ankunft meiner Großeltern im Westen war für meine Mutter wie eine Art Gemälde gewesen, an dem sie ihr ganzes Leben gearbeitet hatte, wie man an einem Teppich webt, indem man die Fäden zum Bild eines bestimmten Schicksals verknüpft. Je älter die Erzählerin wurde und je mehr Abstand sie gewann, desto vielfältiger, umfangreicher und verwickelter wurde die Geschichte. Wenn meine Mutter sie jetzt manchmal noch erzählte, erkannte ich nur mit Mühe die schöne Geschichte, die meine Kindheit verzaubert hatte; die Personen waren dieselben, der Weg war derselbe, und dennoch war nichts mehr wie früher.

Manchmal unterbrachen wir sie.

«Aber diese Einzelheit war nicht in deinen ersten Erzählungen. Diese Einzelheit ist neu», sagten wir mit einem Anflug von Ärger vielleicht, so sehr – glaube ich – wünschten wir, daß wenigstens die Vergangenheit unveranderlich bleibe. Denn wenn auch sie begann, sich zu verändern!...

«Aber sie verändert sich ja gerade in dem Maße, wie wir selber uns ändern», sagte Mutter.

Ich erinnere mich, daß ich an jenem Abend hinausgegangen war, um für einige Minuten die laue Luft einzuatmen. Zwei Schritte von dem heißen, lebendigen Haus entfernt begann die undurchdringlich scheinende Nacht, wie sie Mutter uns zuzeiten so oft beschrieben hatte. Ich ging bis ans Ende des kleinen Feldweges, am Rande der unendlichen, jetzt dunklen Fläche. Sie rauschte wie ein großer, im Wind ausgebreiteter Mantel. Wie leicht war es, in der Dunkelheit, die jede Spur von menschlicher Anwesenheit auslöschte, sich diese Stätte in ihrem ursprünglichen Zustand vorzustellen, der meinen Großvater so entzückt, meine Großmutter aber für immer abgeschreckt hatte. In jenen Nächten, im lauen und leise klagenden Wind verstand ich diese beiden so vollkommen verschiedenen Wesen. Und mein abenteuerlustiges Herz trennte sie vielleicht noch mehr voneinander, da es sich stärker dem zuneigte, der das Abenteuer so geliebt hatte.

Ich ging wieder zurück, und bevor ich die Lichter des Hauses am Ende des Waldes sah, vernahm ich von einer anderen Seite her einen undeutlichen, gedämpften, zufrieden anmutenden Laut. Er kam aus dem Stall mit seinen von der Tagesarbeit ermüdeten Tieren und war das langsame Kauen der großen Bauernpferde, das ihre Müdigkeit anzeigte, aber auch, wie mir schien, die Wohltat des Ausruhens.

In dem großen Raum, wo sich noch einige von unseren Leuten aufhielten, fand ich meine

Mutter und Onkel Cléophas ein wenig abseits; sie waren gerade dabei, sich Großmutters Wesen ins Gedächtnis zurückzurufen.

«Erinnerst du dich an den plötzlichen Zornesausbruch, Eveline», sagte mein Onkel, «den sie am ersten Abend hatte, als wir mit unserem Wagen, auf dem Weg zu unserem Bestimmungsort, kein Haus zum Übernachten gefunden hatten und uns unter freiem Himmel ein Lager machen mußten? War es wegen des Feuers, das nicht recht brennen wollte, oder hatte sie Angst vor der offenen Ebene, die uns umgab? Sie stand auf, nannte uns Zigeuner und drohte: ‹Ich habe genug davon, euch zu folgen, ich kenne euch nicht mehr! Geht doch euren Weg, ich gehe den meinen.›»

Mutter lächelte ein wenig traurig.

«Das sind Drohungen, die man in der Verzweiflung ausstößt. Bevor sie ihr Dorf verließ, war ihr wahrscheinlich die Bedeutung dieser Reise nicht ganz bewußt geworden. An jenem Abend, den du meinst, muß sie die ganze Tragweite begriffen haben.»

«Aber zu sagen, daß sie uns nicht mehr kenne!»

«Traf das nicht in gewissem Maße zu», sagte Mutter. «Wir waren alle gegen sie und haben ihr sozusagen mit Gewalt ihre Zustimmung entrissen.»

«Das mußten wir», behauptete mein Onkel. «Wir mußten aufbrechen. Und übrigens, Eveline, erinnere dich, daß es dort in den Bergen nichts als Felsen und steiniges Land gab.»

«Das ist richtig», sagte Mutter, «aber sie hing an dem Land, und du selber müßtest nun wissen, daß man nicht ausschließlich das liebt, was uns angenehm ist und leichtfällt.»

In einer Ecke des Raumes saß ein ganz junger Mann und spielte leise auf einer Harmonika. Die ein wenig schleppende Weise bildete eine harmonische Begleitung zu den

Worten und verlieh ihnen einen wehmütigen Charakter.

«Hätten wir etwas anderes tun können, als was wir getan haben?» nahm mein Onkel wieder auf. «Der Westen rief uns. Da lag damals die Zukunft. Und er hat uns bewiesen, daß wir recht hatten.»

«Das war die Zukunft», sagte Mutter, «jetzt ist es unsere Vergangenheit. Versuchen wir wenigstens aus den Erfahrungen heraus, die wir im Leben gemacht haben, zu verstehen, was es für sie bedeutete, ihre Vergangenheit hinter sich lassen zu müssen, da sie schon nicht mehr jung war. Cléophas, würdest du leichten Herzens diesen Hof verlassen, den du geerbt hast?»

«Das ist nicht dasselbe», verteidigte sich mein Onkel. «Hier habe ich hart gearbeitet.»

Mutter schien jemand Unsichtbarem zuzuhören, vielleicht einer entschwundenen Seele, die dennoch unaufhörlich versuchte, sich Gehör zu verschaffen. Sie schaute ihren

Bruder an, und ihr Lächeln drückte einen leichten Tadel aus.

«Und sie, Cléophas! Hast du denn niemals verstanden, wie hart sie dort auf diesem kargen Land hat arbeiten müssen, um uns trotz allem das Leben leichter zu machen?»

«Das stimmt», sagte mein Onkel etwas verlegen. «Aber ich war so jung, als wir die Berge verließen. Ich erinnere mich kaum an sie. Erinnerst du dich an sie?»

Mutter blickte abwesend auf ihre gefalteten Hände.

«Ja, ich erinnere mich ziemlich gut.»

Aber was hatte sie eigentlich wiedergefunden? Die alten, kleinen Berge von früher, die sie seit ihrer Kindheit verlassen hatte? Oder die in Manitoba, die wir eines Tages überraschenderweise entdeckt und die ihr alles wieder ins Gedächtnis zurückgerufen hatten. Von da an muß die Veränderung stattgefunden haben, die ich an ihr beobachtet hatte, denn wenn ich es recht bedenke, bemerkte ich ihr erstaunliches Interesse für die Stimmen aus der Vergangenheit von der Zeit an, da die Hügel wieder in unserem Leben erschienen waren, so daß meine Mutter sich mir teilweise entzog.

Ich hatte plötzlich genug von all dem Halbdunkel. Schließlich handelte es sich um Hügel. Warum sollte man also nicht offen von ihnen sprechen, um ein für allemal alle Fragen zu einem Ende zu bringen. Was bedeutete eigentlich dieses Schweigen, das sie in bezug auf die Hügel wahrte? Mir wurde bewußt, daß sie während des ganzen Jahres nicht ein einziges Mal mehr mit mir über sie gesprochen hatte, obwohl ich überzeugt war, daß sie unaufhörlich an sie dachte.

Ich brachte die Rede darauf.

«Onkel», fragte ich, «kennst du das kleine Dorf Altamont? Es ist übrigens kaum ein Dorf, nur ein paar Häuser.»

«Altamont!» wiederholte mein Onkel, indem er langsam an seiner Pfeife zog. «Ein seltsamer kleiner Winkel, nicht wahr, schon seit langem fast ausgestorben. Ich habe für diese Gegend nie etwas übrig gehabt. Dort ist alles eng und gedrängt. Ich habe nie verstanden, wie jemand, der die flache und leicht bebaubare Ebene hätte wählen können, sich in dieses kleine Bergmassiv zurückziehen konnte. Und doch geschah das vor ungefähr fünfzig Jahren. Zumindest zog diese Gegend Auswanderer aus Schottland an, die dort wahrscheinlich ein ungefähres Ebenbild ihrer verlassenen Heimat wiederfanden. Doch was für ein Wahnsinn! Selbst die Schotten blieben nicht lange dort und zerstreuten sich nach kurzer Zeit, um entweder in ihre Heimat zurückzukehren oder in die Städte zu ziehen. Ein Versuch, der in einer Katastrophe endete, das ist Altamont.»

«Dennoch», sagte ich, und ich hörte mich wie Mutter sprechen, «gibt es auf der Fahrt durch die ganze kleine Hügelkette wunderschöne Anblicke.»

«Eine Straße durch die ganze Hügelkette, sagst du! In diesem Fall muß sie herzlich schlecht sein, denn meines Wissens begibt sich fast niemand mehr in diese Gegend.»

Da bemerkte ich, daß Mutter meine Worte unruhig verfolgte, als ob sie befürchtete, daß ich meinen Onkel zu weit in unser Geheimnis einweihen könnte; ihr Blick bat mich, nicht weiterzugehen. Obwohl gutherzig und großzügig, hatte mein Onkel doch nicht viel für Ausflüge in die Welt der Phantasie übrig und konnte sie oft mit einem einzigen harten Wort beenden. Seltsam, er war im Grunde Großmutters wahrer Sohn, ihr war er am ähnlichsten mit seinem klaren Verstand und seiner Liebe für seinen Besitz, und war doch gerade durch seinen Mangel an Phantasie am unfähigsten, sie zu verstehen.

Die Unterhaltung wandte sich anderen Dingen zu. Ein alter, kleiner Norweger, den mein Onkel beschäftigte und der – oft in sich verschlossen – doch auch seine gesprächigen Stunden hatte, begann plötzlich, uns mit seinem starken und rauhen Akzent die Berge seiner Heimat zu beschreiben, mit ihren weiten Fjorden, die sich tief dem langsamen Anstieg des Meeres öffneten.

Auf diese Weise haben wir an jenen Abenden der Erinnerung und des Heimwehs in traumhafte Fernen oft verlorene Länder wiedergefunden.

IV

Der Tag der Abreise kam heran. Woher wußte ich, daß Mutter von neuem an die Hügel dachte, ohne daß sie mir ein Wort gesagt hätte? War es der träumerische Ausdruck auf ihrem Gesicht, dieser träumerische Ausdruck, den ein Gesicht annimmt, wenn es sich von der Gegenwart abgewandt hat?

Wir brachen schweigend auf. Nach einigen Dörfern und Straßen, die noch befahren waren, erreichten wir eine fast unbewohnte Ebene, an deren Ende sich die schwachen Umrisse einer aufsteigenden Landschaft abzeichneten.

Und wieder folgte ich kleinen, schweigsamen Straßen, fuhr über stumme Kreuzungen, ohne zu zögern, als ob das Land, wohin ich mich begab, nicht auf einer Karte, sondern nur tief in meinem Innern existierte. Wieder fuhr ich mit meiner Mutter durch das rauschende Gras und die staubige Erde, die in traurigen Schwaden und wie im Traum zu beiden Seiten aufgewirbelt wurde. Ich fuhr direkt auf die Hügel zu, aber diesmal wachte meine Mutter nicht auf, um sie in voller Höhe erstehen zu sehen, denn schon seit einer geraumen Weile schaute sie, gerade aufgerichtet, nach ihnen aus und blickte ihnen entgegen. Ihre glückliche Gelassenheit stach stark von ihrer Ruhelosigkeit der vorangegangenen Reise ab. Aber diese glückliche Zuversicht, die sie ohne Zweifel aus dem Gefühl heraus nährte, daß es die Hügel wirklich gab, hatte einen Anflug von leiser Wehmut, als würde sie ihnen beim Wiedersehen in gewisser Weise auch adieu sagen.

Ich weiß nicht, warum ich sie über Großmutter auszufragen begann.

«War sie ihr ganzes Leben lang streitsüchtig, oder wurde sie es erst mit dem Alter?»

Mutter schien einen Traum von sich abzuschütteln.

«Sonderbar, daß du mich gerade in dem Augenblick danach fragst, wo ich daran dachte, wie einsam sie zwischen uns allen, ihren Kindern und ihrem Mann, hat sein müssen. Wir waren gleichsam von verschiedener Abstammung. Ich wünschte, ich könnte sie wenigstens für einen Augenblick auf die Erde zurückrufen, um die Dinge richtigzustellen.»

«Aber Großvater mit seinen Träumen, an denen sie niemals teilhaben wollte, muß sich auch einsam gefühlt haben...»

«Ja, sicherlich... Es ist seltsam», fuhr sie fort, «was sich während unseres Lebens in uns abspielt: diejenigen, die uns das Leben geschenkt haben, fahren fort, in uns und durch uns miteinander zu streiten, weil jeder uns vollkommen besitzen möchte.»

«Was du da sagst, ist eher schrecklich.»

«Schrecklich? Aber nein, sondern nur

recht und billig von ihrem Standpunkt aus, und es ist ganz sicher nicht immer leicht für den, der in diesen Zwist gerät.»

Ihre Augen leuchteten kurz auf, als sie mir gestand:

«Als ich noch ganz jung war, erkannte ich mich vollständig in meinem Vater wieder und er sich in mir, wir waren Verbündete. Mutter sagte von uns, vielleicht nicht ohne ein wenig Groll: ‹Da haben sich zwei Gleichgesinnte gefunden.› Ich meinte, nur ihm ähnlich zu sein, und ich glaube, ich freute mich darüber. Ich liebte ihn mehr als alle anderen.»

«Und dann?»

«Später», sagte Mutter, «nach den ersten Enttäuschungen in meinem Leben, begann ich in mir kleine Anzeichen von der Persönlichkeit meiner Mutter zu entdecken. Aber ich wollte ihr nicht ähnlich sein, der armen Alten, die doch auch so bewunderungswürdig war, und ich kämpfte. Erst im reifen

Alter bin ich ihr ähnlich geworden oder sie mir. Wie soll man dieses seltsame Zusammentreffen außerhalb der Zeit erklären? Stell dir meine Bestürzung vor, als ich eines Tages entdeckte, daß ich eine ihrer Gebärden übernommen hatte, die dennoch vom ersten Mal an ein Teil meiner selbst war wie das Atmen. Auch mein Gesicht veränderte sich. Als ich noch sehr jung war, sagten die Leute, daß ich das lebende Abbild deines Großvaters sei. Dann, nach und nach und von Tag zu Tag, sah ich es sich unter dem Einfluß eines unsichtbaren, aufmerksamen und schrankenlosen Willens verändern. Sei ehrlich und gib zu, daß ich heute in erstaunlicher Weise dem Bild gleiche, das wir von Großmutter im selben Alter haben, das ich jetzt erreicht habe.»

Verwirrt warf ich ihr einen Blick zu und mußte gestehen, daß sie bis zu einem gewissen Grade recht hatte.

«Das trifft vielleicht für das Gesicht zu, aber nicht für den Charakter.»

«Für den Charakter auch! Übrigens rege ich mich darüber nicht mehr auf, denn da ich wie sie geworden bin, verstehe ich sie. Das ist sicherlich eine der erstaunlichsten Erfahrungen in unserem Leben. Wir schenken ihr, die uns geboren hat, ebenfalls das Leben, wenn wir sie nämlich früher oder später in unser Ich aufnehmen. Von da an lebt sie in uns, so wie wir in ihr gelebt haben, bevor wir zur Welt kamen. Das ist etwas ganz Eigentümliches. Indem ich mein Leben lebe, ist es gegenwärtig jeden Tag so, als ob ich ihr eine Stimme gäbe, um sich auszudrücken. Anstatt mir zu sagen: ‹Ich fühle das, ich erlebe dies...›, denke ich vielmehr mit traurigem Erstaunen, aber auch mit Freude über die Entdeckung: ‹Ach, armes, vollendetes Leben, das also hat sie empfunden und gelitten.› Man trifft sich wieder», sagte sie, «man trifft sich ganz bestimmt wieder, aber so spät!»

Nach dieser Mitteilung war ich ein wenig

bedrückt, denn viel mehr als ein wunderbares Zusammentreffen sah ich darin wer weiß was für einen Anschlag auf die Persönlichkeit und Freiheit des Individuums, und nun griff ich Großmutter an.

«Du ähnelst ihr kaum. Gott sei Dank. Zuerst einmal reist du gern, genauso wie Großvater. Du bist nicht im geringsten der Typ, der gern zu Hause bleibt. Und dann bist du noch nicht allzu streitsüchtig.»

Sie beantwortete meine sanften Vorwürfe mit einem kleinen Lächeln.

«Das kann noch kommen... Und Großmutter war gar nicht so streitsüchtig, wie man behauptet», verteidigte sie sie heftig.

«Sie wurde es, nachdem wir alle sie zum Äußersten getrieben hatten.»

«Wieso?»

«Indem wir ihrer Liebe Widerstand leisteten. Es gibt zwei Arten: die eine schließt die Augen und fügt sich drein, die andere behält die Augen offen. Das war ihre Art, fordernd und hart.»

«Aber wenn es wahr ist, daß sie, wie du sagst, Großvater so liebte, wie kommt es dann, daß sie ihm schließlich niemals ganz verzieh, sie in das Abenteuer des Westens gelockt zu haben?»

«Gerade die Liebe findet es schwierig, den geringsten Verstoß gegen die Liebe zu verzeihen.»

«Und so war es ein Verstoß gegen die Liebe, daß Großvater seine Familie um jeden Preis aus ihrer Heimat führen wollte?»

«Ach, ich weiß nicht mehr», gab Mutter zu. «Im Grunde hatten beide recht. Das ist wahrscheinlich der Grund, warum wir in diesem Leben so weit voneinander entfernt sind. Wir haben fast alle recht, einer sowohl wie der andere.»

«Ah, wirklich», sagte ich, «wenn Liebe und Ehe so sind, wie du sagst, dann scheinen sie mir eher den Menschen herabzusetzen...»

«Herabzusetzen!» rief Mutter aus. «Solltest du nichts von all dem verstanden haben, was ich dir zu erklären versuchte. Daß es im Gegenteil der einzige Weg ist, um ein wenig seine eigenen Grenzen zu verlassen... Aber du bist jung», sagte sie mit plötzlicher, liebevoller Nachsicht. «Bleibe jung», bat sie mich, als ob das in meiner Macht stünde. «Bleibe jung und immer bei mir, damit ich nicht zu schnell ganz alt und streitsüchtig werde.»

Wir mußten beide lachen. Dann wandte Mutter ihren Blick wieder den Hügeln zu, und ich sah darin die unbeschwerte Freiheit der Seele, bevor von ihr Besitz ergriffen wird, nämlich dann, wenn die Welt und die Dinge sich wie zum erstenmal und nur für sie darbieten. Ich verstand ein wenig besser den Reiz, den diese kleine Straße auf meine Mutter ausübte. Diese Freiheit, alles in sich aufzunehmen, da noch keine bedeutende Entscheidung die Möglichkeiten eingeschränkt hat. Diese unbegrenzte, manchmal so verwirrende Freiheit muß wohl die Jugend sein. Und ohne Zweifel schöpfte Mutter aus der Freiheit dieses einen Tages noch neue Kraft. Was sie auch über die menschliche Liebe und die Aufgaben gesagt hatte, die uns vervollkommnen, so fühlte ich sehr wohl durch sie, daß die Seele sich nur in der Einsamkeit ihrer Freiheit erfreut. Neben mir hörte ich sie ausrufen:

«Wie wunderschön und jung diese Hügel doch sind, findest du nicht?»

«Jung? Ich weiß nicht. Man sagt im Gegenteil, daß es sehr alte Gesteinsbildungen sind...»

«Ach, was du nicht sagst!» gab sie ein wenig verletzt zurück und sagte mit einem leisen Vorwurf: «Weißt du, Christine, du solltest eine Karte von den vielen kleinen Straßen zeichnen, da du dich weigerst, weder vor der Fahrt noch auf dem Weg nach Auskunft zu fragen, denn du meinst, das entspreche nicht der wahren Art zu reisen, man müsse sich der Straße anvertrauen. Nun, das ist alles sehr schön, aber warum könntest du nicht eine Karte von unserem kleinen Land machen? Denn sonst», schloß sie mit ziemlich scharfem Tadel, «findest du eines Tages meine Straße nach Altamont nicht mehr wieder.»

Ich brach in Lachen aus. Was für eine finstere und falsche Idee hatte ich mir nur in den Kopf gesetzt! Mutter war weder bedroht noch gealtert oder am Ende ihrer Kräfte. Im Grunde war sie kaum fünfzehn Jahre alt.

V

Manchmal hatte ich schon den fremden, eindringlichen Ruf vernommen, der dennoch nur von mir selber kam und der mir plötzlich inmitten meiner Spiele und meines Freundeskreises befahl, mich auf den Weg zu machen, um mich mit einer noch unbestimmten Herausforderung zu messen, die von der Welt oder mir selber kam.

Bis jetzt war es mir noch immer gelungen, mich von ihm zu distanzieren, dann, ohne viel deutlicher zu mir zu sprechen, vernahm ich ihn überall. (Ich sage *ihn,* wie anders soll ich das Wesen nennen, das nach und nach mein Herrscher und tyrannischer Besitzer wurde?) War ich einen Augenblick mit meiner Sorglosigkeit und meinen kleinen, vernünftigen Zukunftsplänen glücklich, vernahm ich seine Ermahnungen: «Worauf wartest du noch, um aufzubrechen? Früher oder später wirst du es tun...» Ich war versucht zu fragen: «Wer bist du, warum verfolgst du mich auf diese Weise?...», aber ich wagte es nicht, weil ich gewahr wurde, daß dieses fremde Wesen in mir, das, wenn es sein mußte, dem Schmerz gegenüber, den es mir und anderen zufügen würde, unempfindlich war, daß dieses Wesen auch ich war.

Trotzdem gefiel mir mein Leben, und meine Aufgabe als Lehrerin war sicher dazu angetan, es auszufüllen. Und dann war da meine Mutter, die nur noch mich hatte.

Es geschah, daß gerade damals das Leben mit großer Sanftheit mit mir umging, als ob es sich bedroht fühlte, und es zeigte sich mir liebenswerter und köstlicher als jemals zuvor. Wie in einem wunderbaren Einklang liebt das Leben uns selbst am meisten, wenn wir es lieben.

Wie gut ich mich an jenes Jahr erinnere, jenes letzte vielleicht, wo ich noch ganz nahe bei den Menschen und den Dingen lebte. Damals stand ich noch nicht ein wenig außerhalb des Lebens, wie es unausweichlich geschieht, wenn man es darzustellen beginnt. In jenem Jahr stellte ich mir noch keine Fragen, denn meine genau umrissenen und vernünftigen Pflichten banden mich eng ans Leben. Wenn es schneite, freute ich mich wie ein Kind über die feuchte Kühle auf meiner Wange. Bei Wind lief ich hinaus, um zu sehen, von welcher Seite er wehte. Unsere kleine Stadt stellte für mich kein Rätsel dar oder eine Aufforderung, die Dächer hochzuheben, um zu sehen, was sich darunter verbarg. Es war eine kleine Stadt mit freundlichen Häusern, deren Bewohner und ihre Gewohnheiten ich kannte, die Stunde, zu der sie ausgingen und wohin sie gingen. Für eine Weile noch befand ich mich mit dem Leben in Einklang, stand noch nicht abseits. Später dann konnte ich mich nur selten ganz in diesen Zustand zurückfinden und die Dinge und Wesen anders als durch Worte sehen; denn ich hatte gelernt, sie wie schmale Brücken des Wissens und manchmal auch zur Verständigung zu gebrauchen. Ich bin nach und nach zum Wächter der Gedanken und der Menschen geworden, und diese Leidenschaft, obwohl aufrichtig, verdrängt die Sorglosigkeit, die es zum Leben braucht.

Für einige Zeit also kannte ich noch die Freiheit meiner eigenen Gedanken – und begreift der, der sie besitzt, sein Glück vollkommen? Sie schienen mir nicht bedeutend genug, um sie auf ihrem Weg anzuhalten, ihnen Einhalt zu gebieten, sie zurückzuhalten und sie zu gebrauchen; ohne Zwang verfolgten sie ihren kleinen, fröhlichen Weg.

Wenn sie jetzt kommen, stelle ich mir vor, daß sie auch für die anderen da sind, ich sortiere sie und arbeite an ihnen. Auf diese Weise sind sie mir eine Last geworden. Einige Zeit später verlor ich das Gefühl und die Wärme für das Wirkliche, an denen ich gehangen hatte, wie an meinem Besitz, und seitdem habe ich nichts so sehr gefürchtet, als diesen Verlust noch einmal zu erleben.

Ich ging durch unsere kleine Stadt, und in meinen Augen war sie so unwirklich und farblos geworden wie die Stadt eines Films: die Häuser zu beiden Seiten der Straßen waren aus Pappe, die Straßen selber leer, denn die Vorübergehenden, die mich streiften, hörte ich kaum noch kommen, sah ihre Gesichter nur flüchtig; kaum begriff ich, daß Schnee auf mich fiel; von mir selber hatte eine Art Leere Besitz ergriffen, um es so auszudrücken...

Manchmal stieg eine ganz bestimmte Frage in mir auf, wie aus der Tiefe eines Brunnens: «Was tust du hier?» Dann blickte ich um mich und versuchte in der Welt, die sich mir entzog, an Dingen Halt zu finden, die mir gestern noch vertraut waren.

Aber das schreckliche Gefühl blieb, daß ich nur durch Zufall hier war und daß ich den mir noch unbekannten Ort auf der Welt zu entdecken hatte, wo ich mich vielleicht ein wenig zu Hause fühlen könnte. Den ganzen Tag lang und überall begleitete mich dieser kleine Satz, scheinbar so unbedeutend und doch so verwirrend: «Es ist vorbei, dies hier ist nicht mehr dein Zuhause. Hier bist du nun ein Fremdling.»

Eines Tages hielt ich es nicht länger aus, und ich versuchte, mit meiner Mutter über meine Gefühle zu sprechen.

«Mutter, hast du manchmal in deinem Leben den Eindruck gehabt, wie durch einen Irrtum in der Fremde zu sein?»

Oft», sagte sie, als sei sie durch diese einfache Frage in die schreckliche und weite Traumwelt versetzt, in der nur wir allein wissen, was wir über uns denken.

«Glaubst du denn, daß es viele Menschen gibt, die mit ihrem Leben zufrieden genug sind, um sich nicht eingeengt oder wie in der Fremde zu fühlen, wie du es ausdrückst?»

«Du hast uns niemals zu verstehen gegeben, daß für dich...»

«Wozu! Weißt du, daß ich in meiner Jugend sehnsüchtig wünschte, zu studieren, zu lernen, zu reisen, mich soweit wie möglich zu bilden... Aber ich habe mit achtzehn Jahren geheiratet, und meine Kinder kamen schnell. Ich habe nicht viel Zeit für mich selber gehabt. Manchmal träume ich noch von einem Wesen, unendlich viel besser als ich, und das hätte ich sein können... Zum Beispiel Musikerin, ist das nicht verrückt?» Dann, wie um mich irrezuführen, beeilte sie sich hinzuzufügen, um ihre Offenheit vergessen zu machen: «Jeder hat solche Träume, jeder, sage ich dir.»

«Wenn du noch einmal von vorne anfangen könntest, würdest du trotzdem heiraten?»

«Sicher. Denn wenn ich dich anschaue, sage ich mir, daß es nicht umsonst war, daß du an meiner Stelle, und besser als ich, tun wirst, was ich hätte vollbringen wollen.»

«Das gleicht also alles aus?»

«Mehr als das. Hast du immer noch nicht verstanden, daß die Eltern erst wirklich in ihren Kindern leben?»

«Ich dachte, daß du vor allem das Leben deiner eigenen Eltern wiederlebst.»

«Ich erlebe das ihre, ich lebe auch mit dir von neuem.»

«Das muß anstrengend sein. Du mußt nicht oft du selber sein.»

«Auf jeden Fall ist es vielleicht der hellste Abschnitt des Lebens, in der Mitte zwischen denen zu stehen, die uns vorausgegangen sind, und denen, die uns folgen...»

Ich merkte, daß uns dies nicht dem Thema näherbrachte, das mir auf dem Herzen lag.

«Höre, Mutter, wärst du damit einverstanden, wenn ich bald...»

«Was willst du sagen? Du denkst doch nicht etwa auch daran, wegzugehen?»

«Ja, Mutter, für ein oder zwei Jahre.»

Sie betrachtete mich lange und entfernte sich dabei innerlich, entfernte sich schrecklich weit von mir. Ich konnte es nicht mehr ertragen, zu sehen, wie sie mir zuvorkam und sich als erste zurückzog, nur weil ich ihr gesagt hatte, daß ich weggehen wollte. Dann brach sie in heftige Vorwürfe aus:

«Du willst also auch weggehen! Das also hast du vor. Ich hätte es mir denken können...»

Noch mehr als dieser plötzliche Ausbruch verwirrte mich die Anstrengung, die sie danach machte, sich zu fassen und zu beherrschen. Tonlos fragte sie mich:

«Wohin willst du denn gehen?»

«Nach Europa, Mutter...»

«Europa!» wiederholte sie, und die Ferne,

die in diesem Wort lag, erneuerte ihren Unwillen. «Aber warum? Warum? Was willst du denn dort tun? In diesen alten, unruhigen Ländern, so verschieden von dem unsrigen?»

«Gerade diesen Unterschied will ich kennenlernen, Mutter... Vor allem aber möchte ich nach Frankreich gehen.»

«Frankreich!» rief sie voll Verachtung aus. Dabei hatte gerade sie uns ihr ganzes Leben lang immer mit dem größten Respekt davon erzählt.

«Was willst du», sagte ich, «ich bin in dem Glauben aufgezogen worden, daß Frankreich unser altes Heimatland ist und ich mich dort wie zu Hause fühlen würde.»

«Nun, das ist nicht wahr. Das ist eins der größten Hirngespinste, die wir jemals gehegt haben.»

«Vielleicht aber sollte man erst hingehen und es sehen, bevor man von einem Hirngespinst spricht?»

«Was du nicht sagst», erwiderte sie aufgebracht. Dann versuchte sie sich zu beruhigen, oder vielleicht wollte sie ihre Kräfte schonen, wie jemand, der sich auf einen harten Kampf gefaßt macht. «Wenn du schreiben willst, brauchst du dazu nicht bis ans Ende der Welt zu laufen. Hier wie überall kann man Freude, Kummer oder Abschied beschreiben...»

«Muß ich aber nicht erst von ihnen weggehen, um sie zu sehen?»

«Weggehen! Mein ganzes Leben lang mußte ich dieses Wort hören. Von allen meinen Kindern. Woher habt ihr nur dieses Verlangen?»

«Vielleicht von dir.»

«Ja vielleicht. Aber ich bin nicht weggegangen.»

«Versuche doch, vernünftig zu sein.»

«Vernünftig!»

Und starrköpfig fing sie wieder an:

«Was braucht ein Schriftsteller mehr als

ein ruhiges Zimmer, Papier und sich selber?»

«Sich selber, genau das!»

«Und um du selber zu sein, willst du alles zerbrechen?»

Vor der Härte unserer Äußerungen wich unser Widerstand für einen Augenblick, und unglücklich schauten wir uns beide an.

«Wenn ich daran denke, daß ich dich gestern noch für glücklich hielt», beklagte sie sich.

«Erinnere dich, Mutter, wenn du und Großvater auf dem Weg nach dem Westen die Ebene entdeckt habt, dann nur darum, weil ihr ein Land verlassen hattet.»

«Wagst du mir zu sagen, daß man alles verlassen muß, um etwas zu entdecken?»

«Einige Dinge jedenfalls. Als du jünger warst, hast du das verstanden.»

«Verstehen!» rief sie. «Glaubst du denn, man versteht, wenn man jung ist? Verstehen ist eine Sache der Erfahrung, eines ganzen Lebens…»

«Nun, da du besser verstehst als ich...»

«So ist es richtig, schlage mich mit meinen eigenen Waffen. Hast du vor, mich zu quälen, so wie wir uns damals alle zusammengetan haben, um meine arme Mutter zu quälen?»

«Du wirst ihr in der Tat immer ähnlicher», beging ich den Fehler zu behaupten, worauf sie nur mit einem verletzten Blick antwortete.

Es war sinnlos. Sie konnte oder wollte meiner Beweisführung nicht folgen. Wie hatte ich auch nur glauben können, daß Beweise etwas gegen eine bestürzte Seele ausrichten. Meine Mutter und ich wurden ein wenig wie Feinde. In ihrem Alter hatte sie nun den Kummer, mir gegenüber feindselige Gefühle zu hegen. Wie hätte es auch anders sein können? Wenn die Eltern sich ihren Kindern widersetzen, kämpfen sie dann nicht oft gegen die Kühnheit ihrer eigenen Jugend an, die sie nun in ihrem

Alter, das Arbeit und Abenteuer hinter sich hat, beunruhigt?

Während eines ganzen Jahres fast führte Mutter den Kampf – immer wieder unterliegend und doch immer wieder beginnend – gegen den Zug in meinem Wesen, der mich am meisten mit ihrer eigenen Jugend verband, um ihn durch bittere Worte herabzusetzen, ihn zu verspotten und ihn manchmal ganz unerwartet zu bedauern.

Während dieser grausamen Monate dachte sie nicht mehr als ich an die Menschen oder Jahreszeiten.

Wenn ich manchmal für einige Wochen nicht von meinen Plänen gesprochen hatte, oder ganz einfach, wenn ich mich für etwas anderes zu interessieren schien, kam in ihr wer weiß was für eine schüchterne Hoffnung auf; dann sah ich ihre Blicke um die meinen streichen, um es so auszudrücken, doch im selben Augenblick bereit, zu entfliehen oder sich zu unterwerfen.

Diesmal kam der Frühling, ohne daß sie es gewahr wurde. Erst sehr spät bemerkte sie die neue Jahreszeit, als sie schon weit fortgeschritten, fast schon vorüber war. An einem warmen Tag hob sie erstaunt den Blick zum Himmel und seufzte: «Cléophas muß schon seit langem sein Land bebaut haben. Sein Land...», sagte sie wie im Traum.

Dann war auch der Sommer vergangen. Anfang Oktober sollte ich abreisen. Ich hatte einen Platz dritter Klasse nach Paris gebucht. Vom Innern Manitobas bis zur Lichterstadt, wie ich naiv sagte, ist es ein großer Schritt. Ich zitterte vor ihm, jetzt, da die Reise, die vor mir lag, an Gewißheit gewann. Ich begann diesen aufregenden Moment des Aufbruchs zu fürchten, der uns auch zugleich unseren Platz in dieser Welt zeigt, der so klein ist, daß wir darüber den Mut verlieren könnten. Dennoch erschien mir – und erscheint mir noch – diese außerordentliche Verwundbarkeit als einer der wichtigsten Schritte auf dem Weg zur Selbsterkenntnis.

Großvater mußte sie gekannt haben, als er die noch unberührten Länder des Westens betrat. Vielleicht waren wir trotz allem nicht so weit voneinander entfernt, der Pionier, der dem Ruf nach der Gründung eines neuen Landes folgte, und ich, die aus noch jungen und ungeformten Ländern kommend den Ruf der anspruchsvollen Städte vernahm.

Übrigens war es in unserer Familie immer so: eine Generation brach nach dem Westen auf, die nächste ging den umgekehrten Weg. Immer sind wir auf Wanderschaft.

Vielleicht war Mutter nahe daran, mir zu gestehen, daß sie sich zu alt fühlte, um mich zu verlieren, daß es ein Alter gibt, wo man es ertragen kann, seine Kinder fortziehen zu sehen, daß es aber später so ist, als werde einem das letzte Stückchen Jugend weggenommen, als seien alle Kerzen verlöscht.

Sie war zu stolz, um mich zu diesem Preis zurückzuhalten. Wie hart war ich aber in meinem Mangel an Sicherheit! Am liebsten wäre mir gewesen, wenn meine Mutter mich fröhlichen Herzens hätte gehen lassen und mir nichts als Glück vorausgesagt hätte.

Manchmal wagte sie es, eine Warnung auszusprechen, wogegen ich mich sträubte.

«Vielleicht hast du von dem Elend dort gehört. Wovon willst du leben?»

«Meine Ersparnisse reichen für ein Jahr… vielleicht für zwei. Danach werde ich mir schon zu helfen wissen.»

«Ich werde mir Sorgen machen», sagte sie.

«Aber warum denn Sorgen?» antwortete ich ein wenig gereizt. «Du mußt dir keine Gedanken machen.»

Dann, eines Tages, schlug ich ihr vor:

«Willst du, daß wir zu Cléophas fahren, bevor ich meinen kleinen Wagen verkaufe? Auf dem Rückweg fahren wir dann über deine Straße nach Altamont.»

VI

Was geschah dieses Mal eigentlich? Die Hügel erschienen mir niedriger, ihre Form fast unbedeutend. War ich so mit meiner Abreise beschäftigt, daß ich sie schon mit den Bergen verglich, die ich sehen würde und deren Namen mir seit meiner Kindheit vertraut waren: die Alpen, die Pyrenäen?

Es war nicht ein wirklich sonniger Tag, und der Herbst war in jenem Jahr weniger strahlend als gewöhnlich. Die Farben waren alle da, aber gleichsam gedämpft. Früher hätte Mutter mir erklärt, daß der fehlende Frost die Schuld trage, denn es braucht ihn zumindest eine Nacht, um die Natur aufzurütteln und sie in flammende Farben zu kleiden. Aber sie sagte nichts. Das bedrückte uns übrigens am meisten, daß wir jetzt zwischen uns jedes Thema vermieden, das uns früher gefallen hatte, und wir besprachen nur noch Banalitäten. Nach einer Weile drehte ich mich ihr zu und sah die bitterste Enttäuschung auf ihrem Gesicht.

«Das sind nicht unsere Hügel, Christine, du mußt dich im Weg geirrt haben.»

«Aber...»

«Unsere Hügel standen enger beisammen, in hübscheren Gruppen, und sie waren auch höher.»

«Vielleicht haben wir uns an sie gewöhnt.»

«Aber als wir das zweite Mal durchfuhren, haben sie uns noch gefallen, erinnerst du dich?»

«Nun, vielleicht sehen wir sie heute nur, wie sie in Wirklichkeit sind.»

«Glaubst du?»

Mir war es gelungen, ihre Bedenken ins Wanken zu bringen, doch blickte sie mit einem Ausdruck des Zweifels um sich, der rührend war. Was fehlte unserem heutigen

Ausflug nur? Die Hügel? Oder vielmehr der Blick für sie? Auf jeden Fall entdeckte ich nichts von der Jugend und Freiheit in Mutters Blick, die ich auf den früheren Reisen in ihm gesehen hatte. Natürlich wußte ich schon, daß die glücklichen Erinnerungen nicht nach Wunsch in uns aufsteigen, daß sie einer anderen Welt als der des Willen angehören; aber eigensinnig bestand ich darauf, daß Mutter sich noch einmal vor meinen Augen verjünge.

«Diese Hügel hier sind trotzdem schön.»

«Vielleicht, aber es sind nicht die unsrigen.»

In gewisser Weise war es dieselbe Landschaft, die wir durchquert und geliebt hatten, nur sanfter. Sie hinterließ den peinlichen Eindruck, den die schlechte Photographie eines geliebten Gesichtes auf uns macht.

Die kleinen Berge erstreckten sich noch immer weiter, ohne aber dem Blick etwas Neues zu bieten. Es herrschte eine große

Hitze zwischen ihnen. Mutter schenkte ihnen schließlich nur noch einen uninteressierten Blick, als erwartete sie, ohne daß es ihr vielleicht noch etwas ausmachte, jetzt alles zu verlieren. Nun habe ich während meines ganzen Lebens Gleichgültigkeit am wenigsten ertragen können. Ich wußte nicht, daß man im Alter etwas davon braucht, um den Schlag zu verwinden, jeden Tag etwas entfliehen zu sehen.

«Mutter, schläfst du etwa mitten in den Hügeln ein?»

Sie fuhr auf, schaute um sich, und als sie einen Hügel sah, der ein wenig ausgeprägter als die anderen war, lächelte sie für einen Augenblick, wahrscheinlich nicht seinetwegen, sondern weil sie in weiter Ferne etwas Bezauberndes erblickte, das noch jung und unversehrt war. Aber ihre Hoffnung verschwand, ihr Blick trübte sich. Ein wenig gereizt warf sie mir vor:

«Ich hatte dir ja gesagt, daß du eines

Tages meine Straße nach Altamont verlieren würdest.»

Hatte ich sie also verloren?

In Gedanken verfolgte ich noch einmal, so gut ich konnte, meinen gewöhnlichen Weg. Ich rief mir die stummen Kreuzungen ins Gedächtnis zurück. Hatte ich an der ersten nicht gezögert und eine andere Richtung eingeschlagen als auf den vorhergehenden Fahrten? Wie konnte man das mit Sicherheit wissen? Um ehrlich zu sein, war diese Straße nach Altamont wie ein Traum; kannte ich sie denn? Wie durch ein Wunder hatte ich sie zweimal gefunden, ohne sie zu suchen. Gehörte sie nicht zu den Straßen, die man nie in dem Augenblick wiederfindet, da man es mit aller Kraft will? Ich hatte sie auf keiner Landkarte gefunden. Allerdings ist auf den meisten Karten kein Weiler von weniger als zehn Häusern mit den anliegenden Straßen verzeichnet. Aber vor allem fragte ich mich: Ist Mutter nicht plötzlich unwahrscheinlich gealtert? Kann sie noch darauf warten, daß ich ihr zeige, wozu ich vielleicht fähig bin? Und wenn sie es nicht mehr kann, hat dann das, was ich vollbringen möchte, noch Wert in meinen Augen?

Ich hörte mich ein wenig ungeduldig sagen:

«Was für eine Straße soll es denn anders sein als die Straße nach Altamont?»

War sie es wirklich?

Gab es vielleicht zwei Straßen in diesen menschenleeren Hügeln: eine, die leicht und fröhlich über die Höhen lief; und eine tiefergelegene, die nur die Ausläufer der Berge streifte, ohne jemals in das verschwiegene kleine Land zu dringen?

Mutter blickte von neuem forschend nach allen Seiten aus. Sie tat es mit verschärfter Aufmerksamkeit, aber unglücklich. Ich glaubte, die Angst in ihr aufsteigen zu sehen darüber, daß sie nicht mehr fähig war zu verstehen, was die Landschaft ihr zu sagen hatte. Weil sie zu alt war? Zu müde? Weil ihr Gedächtnis sie verließ? Oder ihr Empfinden? Weil es vielleicht für immer verloren war…

Wie jedesmal, wenn wir in die Ebene gelangten, schauten wir zurück. Am schon dunklen Horizont zeichnete sich nicht die kleinste wellenförmige Hügelkette ab, nicht einmal jene Wolken, die sie so oft an unserem Himmel in Manitoba nachahmen. Aber es war in der Tat spät, und es verblieb nur wenig Helligkeit.

Wir erreichten die hohen, hellgelben Wegweiser mit dem Bild des Büffels – einstmals Herr über die ganze Weite der Prärien. Jetzt zeigt er auf den Blechschildern die Hauptstraßen Manitobas an, die den geradesten Weg von Stadt zu Stadt verfolgen. Wir fuhren seit einer guten Weile auf der eintönigen Autobahn, Auto hinter Auto, als Mutter den Kopf hob und herausfordernd sagte:

«Nein, Christine, das war nicht unsere Straße nach Altamont.»

«Woher weißt du das?»

«Weil wir Altamont nicht gesehen haben.»

«Ein so kleines Dorf!» sagte ich. «Es hätte genügt, daß wir auf die andere Seite schauten, während wir hindurchfuhren, um es zu verpassen. Erinnerst du dich, es liegt auf der einen Seite der Straße.»

Sie sah verstört und verwirrt aus, aber sie faßte sich bald, um neue Argumente zu suchen, die ihr recht geben könnten.

«Ich habe aber nach beiden Seiten zugleich ausgeschaut», sagte sie.

Vor uns, mitten im Gras der Ebene, erhob sich eine Zementfabrik, die mit ihrem kreidigen Hauch alles weißte und erstickte. Danach kamen die neuen Wohngegenden, einförmige Häuser standen in traurigen Reihen in langen, sich ähnelnden

Straßen am Rande der versonnenen Ebene. In meinem Land haben die zu jungen Städte noch nicht Zeit gehabt, ihren Charakter in Übereinstimmung mit der entsetzlich weiten Landschaft zu formen, die sie umgibt. Dennoch scheint es mir manchmal, daß die Ebene unserer Phantasie ein Bild dieser Städte von morgen anbietet – ideale Schöpfungen –, wenn sie sie nämlich am Rande des Horizonts in Luftspiegelungen entstehen läßt; in wunderbarem Einklang mit ihr, vollkommen an ihrem Platz.

«Es ist nicht deine Schuld», begann Mutter wieder, «aber wie schade, daß wir ausgerechnet heute den Weg nach Altamont verfehlt haben.»

Was verstand sie unter: ausgerechnet heute?

Ich wollte mich freundlich zeigen und durch einen Anflug von unbestimmter Fröhlichkeit etwas gutmachen, und so sagte ich zu ihr, indem ich sie bei ihrem Vornamen nannte, wie manchmal, wenn ich sie wahrscheinlich enger an mich binden wollte, gleichzeitig aber auch meine junge und närrische Freiheit gegen sie verteidigte:

«Das nächste Mal, Eveline, finde ich deine Straße nach Altamont. Wenn ich von Paris zurückkomme, wirst du immer noch mit der gleichen Begeisterung reisen. Wir fahren zusammen nach Altamont. Wenn ich Geld habe, werden wir zusammen viele Reisen unternehmen. Und warum sollten wir zwei nicht zum Beispiel eines Tages auf die Reise nach den wirklichen Bergen der Familie, zu Großmutters Dorf in Quebec fahren?»

Sie warf mir daraufhin einen so durchdringenden und verzweifelten Blick zu, daß ich nicht weiterzusprechen wagte. Es war vielleicht trotz allem nicht von so großer Bedeutung, daß sie an jenem Tag die Straße nach Altamont nicht wiedergesehen hatte...

Denn sie reiste nicht mehr viel, das Alter

und die Umstände hielten sie zurück. Wenn sie es noch einige Male tat, dann nur, um dem einen oder anderen ihrer Kinder zu helfen, die über das weite Land verstreut waren. Aber waren das noch Reisen? War das überhaupt noch ein Leben, zu warten, allein in der Weite Manitobas zu warten, während ich auf der Suche nach meinem Ich die großen Straßen der Welt verfolgte: Paris, London, Brügge, die Provence; und auch die kleinen Straßen, die für diejenigen da sind, die gelernt haben, mit der Einsamkeit zu leben, Straßen, die über eine andere Bergkette führen, nach Ramatuelle in den Maures und der Küste von Cornwall entlang nach Saint-Yves oder Tintagel?...

Ich schickte ihr Postkarten, auf die ich ein paar Worte kritzelte: «Mutter, wenn Du nur Notre-Dame in Paris sehen könntest...» «die Kew-Gärten an einem Frühlingstag...» «Mutter, niemals könntest Du Dir etwas Vollkommeneres vorstellen als die Kathedrale von Chartres, die sich hinter der Ebene von Beauce erhebt...»

Die wartenden Ebenen, die großen, ein wenig traurigen Weiten meines Landes hatten mein Herz noch nicht angerührt. Auch das vergessene Leben in den kleinen Provinzstädten vermochte noch nicht, die Begeisterung meiner Jugend zu dämpfen. Im übrigen brauchte es viel mehr Zeit, sich selber zu finden und schreiben zu lernen, als ich gedacht hatte.

Meine Mutter antwortete mir in langen, geduldigen Briefen. Sie waren zärtlich, sorgfältig geschrieben und voll von Lügen, voll von so vielen Lügen. Sie versicherte mir, reichlich zum Leben zu haben, da sie jetzt nicht mehr viele Bedürfnisse habe und ganz bestimmt nicht mehr den Wunsch zu reisen. Ein einziges Mal schrieb sie über die Hügel, aber über die, die weit in ihrem Leben zurücklagen und die wir mit der Erinnerung an Großmutter verbanden. Sie schlug mir vor: «Wenn Du zurückkommst und Dich nicht zu weit von ihnen befindest, gehe sie doch sehen. Es ist nicht allzuweit von Montreal. Du fährst bis Joliette. Dann nimmst Du die Straße, die ansteigt...»

Was für ein seltsames Zwiegespräch haben wir über den Ozean hinweg geführt. Ich erzählte ihr fast nur von meinen Entdeckungen, sie von so bescheidenen Dingen, so weit entfernt von meinen Gedanken, daß sie mich noch nicht rührten.

Sie stimmte mir jetzt zu: «Du hast gut daran getan, wegzugehen. Der Winter war hart. Ich sehe, wie vieles Du entdeckst. Das muß aufregend sein! Nutze die Zeit in Frankreich und bleibe so lange, wie es nötig ist... Aber ja, mir geht es gut... Die Erkältung ist fast geheilt. Ich finde die Erzählung, die Du geschrieben hast, sehr interessant...»

Dennoch war das nichts im Vergleich zu dem, was ich für sie tun würde, wenn sie mir nur die Zeit dazu ließe. Aber immer, immer stand ich erst am Anfang. Da ich noch nicht wußte, daß es niemals anders sein konnte auf diesem Weg, den ich eingeschlagen hatte, beeilte ich mich und hastete vorwärts. Jahre gingen vorbei; ich beeilte mich, immer fühlte ich mich in Reichweite dessen, was ich in ihren Augen werden wollte, bevor ich zu ihr zurückkehrte. Und ich glaube, daß diese Eile, herauszufinden, was ich werden würde, mir alles übrige verbarg.

Meine Mutter verfiel sehr rasch. Ohne Zweifel starb sie an einer Krankheit, aber vielleicht auch ein wenig aus Kummer, an dem im Grunde so viele Menschen sterben.

Ihre eigensinnige und junge Seele begab sich in ein Land, in dem es ganz sicher weder Wegkreuzungen noch schwierige Entscheidungen mehr gibt. Vielleicht aber gibt es auch dort noch Straßen, doch alle führen sie nach Altamont.

NACHWORT

Gabrielle Roy ist die bedeutendste Schriftstellerin Franco-Kanadas. Sie stammt nicht aus Quebec, der einzigen mehrheitlich französischen Provinz Kanadas, sondern aus einer französischen Enklave Manitobas, Saint-Boniface, in der Nähe von Winnipeg am Red River gelegen. Dort wurde sie am 22. März 1909 geboren, in einem von ihrem Vater selbst gebauten Haus an der Rue Deschambault. Ihre Eltern gehörten Familien an, die gegen Ende des 19. Jahrhunderts die steinigen Äcker Quebecs zugunsten des fruchtbareren Bodens der Prärieprovinzen aufgegeben hatten. Gabrielles Vater, Léon Roy, war Angestellter der kanadischen Regierung: er empfing die Neueinwanderer in Winnipeg und wies ihnen, hauptsächlich in der Provinz Saskatchewan, Land an. Auch nach der Ansiedlung kümmerte er sich aufs intensivste um seine Ruthenen, Doukhobors, Hutteriten und Mennoniten und war oft wochenlang von zu Hause abwesend. Als Gabrielle geboren wurde, war er bereits sechzig Jahre alt. Sie war das jüngste in einer langen Reihe von Geschwistern.

Szenen aus ihrer Jugend beschreibt Gabrielle Roy in zwei von ihren sechs Büchern: *Rue Deschambault* und *La Route d'Altamont*. Während ihre Mutter den Aufenthalt in Manitoba oft als Exil empfand und im stillen von den Hügeln und Bergen Quebecs träumte, sehnt sich Gabrielle Roy, die heute als Gattin des Gynäkologen Marcel Carbotte in Quebec lebt, nach der Prärie zurück, nach den einsamen Höfen ihrer Großmutter und ihrer Onkel an den staubigen Präriestraßen, die sich schnurgerade im Unendlichen zu verlieren scheinen, nach dem Haus an der Rue Deschambault mit seiner gedeckten Veranda, wo im Sommer die Schaukelstühle standen. Die Schulzeit verbrachte Gabrielle an der von katholischen Schwestern geführten Académie Saint-Joseph in Saint-Boniface. Als 1927 der Vater starb, mußte Gabrielle daran denken, möglichst bald einen Beruf zu ergreifen. Sie trat ins Lehrerseminar in Winnipeg ein, das sie ein Jahr später mit einem Diplom in der Tasche verließ.

Ihre Jahre als Lehrerin (1929–1937) erschienen ihr aus späterer Sicht als die schönste Zeit ihres Lebens. Das erste Jahr verbrachte sie in einem kleinen, einsamen Dörfchen mitten in der Prärie, Cardinal, das sie im Schlußkapitel von *Rue Deschambault* beschreibt. Von 1930 bis 1937 unterrichtete sie am Institut Provencher in Saint-Boniface. In dieser Zeit legte sie einen großen Teil ihres Gehalts zurück. Wie ihrer Mutter lag ihr das Reisefieber im Blut, und ihr Ziel war, sobald es die Finanzen gestatten würden, mindestens ein Jahr in Europa zu verbringen. Vor ihrer Abreise im September 1937 übernahm sie noch für einige Monate eine kleine, abgelegene Schule auf einer Halbinsel im Nordwesten Manitobas. Die Erlebnisse dieses Sommers lieferten das Material für ihr zweites Buch: *La Petite Poule d'Eau*.

Gabrielle Roys Hauptinteresse neben der Schule galt dem Theater. In Saint-Boniface hatte sie bei einer Truppe mitgearbeitet, die zweimal beim Festival in Ottawa den ersten Preis erhalten hatte. Als Gabrielle im Herbst 1937 in London ankam, studierte sie hier zuerst einmal sechs Monate lang Dramatik. Daneben schrieb sie Artikel für die Zeitung *La Liberté* in Saint-Boniface. Im Frühling 1938 war Gabrielle in Paris. Mit einer Freundin zusammen durchstreifte sie die ganze Provence und die Côte d'Azur zu Fuß. Sie war jetzt entschlossen, das Theater zu vergessen, den Lehrberuf an den Nagel zu hängen und Schriftstellerin zu werden. Als die politische Situation 1939 immer bedenklicher wurde, kehrte Gabrielle Roy nach Kanada zurück und ließ sich in Montreal nieder. Hier schrieb sie Artikel für die Zeitungen *Le Jour* und *La Revue Moderne*. Sie wurde Mitarbeiterin bei Radio-Canada, bereiste viele Gegenden der Provinz Quebec und hielt das Gesehene in Reportagen fest. Ihr Hauptinteresse galt der sozialen Lage der Bevölkerung. Als der Krieg ausbrach, wohnte sie am westlichen Ende der Dorchester Street, in der Nähe der Eisenbahngeleise, welche das am Lachine-Kanal gelegene französische Armenviertel Saint-Henri vom vornehmen englischen Villenviertel Westmount trennen. Saint-Henri sollte der Schauplatz ihres ersten Romans werden: *Bonheur d'Occasion*.

Von den sechs Büchern Gabrielle Roys enthält *Bonheur d'Occasion* (1945) die wenigsten autobiographischen Elemente. Aber die Schilderung des Proletariermilieus von Saint-Henri ist so exakt und überzeugend, daß man es sich kaum vorstellen kann, daß Gabrielle Roy nicht gerade hier ihre eigene Jugend verbracht hatte. Im romantischen Garten der kanadischen Literatur wirkte der Roman wie ein Hagelschlag: vorbei war es mit der harmlosen Pionierliteratur, vorbei mit dem idyllisch-traurigen Leben von Louis Hémons *Maria Chapdelaine* und der Vierjahreszeitenromantik von Ringuets *Trente Arpents*. Die Pioniere waren in den Großstädten untergetaucht und führten hier ein unvorstellbar trauriges Leben, arbeitslos während der zwei Jahrzehnte der Krise, gebrochen an Körper und Geist. In ihrem Roman schildert Gabrielle Roy das Leben des früheren Schreiners Azarius Lacasse und seiner Familie. Man lebt vom Einkommen der einen Tochter, die eine Stelle als Kellnerin gefunden hat. Alle andern sind arbeitslos. Der Krieg von 1939 kommt als Erlösung. Dem ehrgeizigen Außenseiter Jean Lévesque bietet er die Möglichkeit, als Mechaniker im Dienste der Munitionsproduktion hochzukommen. Er wird der einzige sein, der sich aus Saint-Henri nach Westmount hinaufarbeiten wird. Dazu braucht es Ehrgeiz und Rücksichtslosigkeit. Seine Geliebte Florentine, die von ihm ein Kind erwartet, läßt er in Saint-Henri zurück. Sie heiratet einen Soldaten, den sie nicht liebt, um dem Kind einen Vater zu geben. Ihr kleiner Bruder stirbt an Leukämie. Einer meldet sich als Soldat, da er auf keine andere Weise zu Geld für Mädchen und Zigaretten kommen kann. Schließlich rückt auch Vater Azarius ein, damit seine Familie von der monatlichen Militärpension halbwegs anständig leben kann.

Verspäteter Naturalismus, könnte man denken.

Keineswegs! Gabrielle Roy geht es schon hier um das Phänomen des menschlichen Lebens überhaupt. Hat all dieses Leiden einen Sinn? Die Frau von Azarius, Rose-Anna, welche die Familie zusammenhält, hat ihrer Mutter nicht gehorcht, als sie einen Städter heiratete. Wäre es ihr aber besser ergangen, wenn sie einen Bauern geheiratet hätte? Ein späterer Besuch auf dem Lande überzeugt sie vom Gegenteil. Das Leben ist, nach Gabrielle Roy, ein tragisches Schicksal, das jedem Geborenen auferlegt wird. Es wird erträglich, da der tragische Verlauf durch kleine Glücksmomente unterbrochen wird: Jugenderlebnisse, die erste Liebe, ein Geschenk, eine Reise – bonheurs d'occasion. Gabrielle Roys Vision des Lebens ist insofern christlich, als die Erde ein Tränental ist, aber sie verzichtet darauf, ihre Personen zu sehr an den Trost des Paradieses glauben zu lassen. Die Mitglieder der Familie Lacasse glauben an Gott, aber ihre Phantasie reicht nicht aus, sich ein Glück nach dem Tode vorzustellen. Deshalb gewährt ihnen die Religion auch wenig Trost. Wenn eine Tochter den Schleier ergreift, dann deswegen, um dem fürchterlichen Familienalltag zu entrinnen. Am besten geht es noch dem kleinen Daniel, der im Spital zu all den Spielsachen kommt, die er sich immer vergeblich gewünscht hat, und der in der englischen

Krankenschwester Jenny, die nicht einmal seine Sprache spricht, seine beste Freundin findet. So gewährt das tragische Schicksal auch dem sechsjährigen Daniel kurz vor dem Tode noch schnell einige «bonheurs d'occasion».

Die guten Schriftsteller Kanadas lassen sich an wenigen Fingern abzählen, und wenn einmal ein gutes Buch erscheint, dann braucht es sich bei der Kritik nicht erst lange durchzusetzen. *Bonheur d'Occasion* hatte sofort Erfolg. Der Roman wurde gleich ins Englische übersetzt und von der Literary Guild als Buch des Monats in einer halben Million Exemplaren verbreitet. Die Filmrechte wurden verkauft, und die Autorin wurde in die Royal Society of Canada aufgenommen. Zwei Jahre später als in Kanada erschien der Roman auch in Paris und erhielt den Prix Fémina – das erste Mal, daß ein kanadischer Autor einen der großen französischen Literaturpreise erhielt.

Wer erwartet hatte, daß Gabrielle Roy ihren ersten Erfolg durch andere Großstadtromane ausbauen würde, sah sich getäuscht. 1947 heiratete sie und fuhr mit ihrem Mann nach Europa. Nach einem Jahr in Paris lebten sie zwei Jahre in Saint-Germain-en-Laye. In dieser Zeit schrieb Gabrielle ihr zweites Buch, das 1950 erschien: *La Petite Poule d'Eau*. Es besteht aus drei Teilen. Im ersten Teil wird das Leben der kinderreichen Familie Tousignant geschildert, die auf einer Insel in der Einsamkeit Nordwestmanitobas die Schafe eines Großgrundbesitzers hütet. Einmal im Jahr fährt die Mutter in die Stadt, eine Reise, die hin und zurück mehrere Wochen beanspruchen kann. Im Gegensatz zu den Kindern in *Bonheur d'Occasion* wachsen die kleinen Tousignants in einem wahren Garten Eden auf. Gabrielle Roy stellt hier das ursprüngliche Pionierleben dem Leben in Saint-Henri gegenüber, aber sie idealisiert es nicht in der Art der Pionierromanzen. Sie schreibt mit einem tüchtigen Schuß Ironie und Humor, und sie sagt es am Ende klar: mit diesem Leben im Garten Eden ist es vorbei, die Kinder verlassen ihn eines nach dem andern, um sich am modernen Leben zu beteiligen – in welchem sie nur mehr ein gelegentliches «bonheur d'occasion» erwartet. Im zweiten Teil schildert sie den Schulbetrieb auf der Insel. Da die Familie so zahlreich ist, aber mehrere Stunden weit vom nächsten Dorf entfernt lebt, schickt die Regierung jeden Sommer einen Lehrer oder eine Lehrerin hin. In der Gestalt der Fräulein Côté schildert Gabrielle Roy sich selbst. Sie hatte im Sommer 1937 an dieser Schule unterrichtet. Die Hauptperson des dritten Teils ist der katholische Priester Père Joseph-Marie, der sich kindlich-schlau durchs Leben wurstelt, allen Menschen so viel Gutes tut, wie es ihm möglich ist, und dabei gerade durch seine Liebesfähigkeit und sein Gottvertrauen der glücklichste Mensch in Gabrielle Roys Gesamtwerk ist.

Nach der Rückkehr aus Frankreich wohnte Gabrielle Roy zuerst in Montreal; ein Jahr später folgte sie ihrem Mann nach Quebec, der hier eine Praxis eröffnete. Seit 1952 lebt sie an der Grande-Allée in Quebec und verbringt die kurzen kanadischen Sommer an der Petite Rivière Saint-François. 1954 erschien der dritte Roman, ihr pessimistischstes Buch: *Alexandre Chênevert*. Geschildert wird das trostlose Leben eines Bankkassiers, der mit einer phantasielosen Frau verheiratet ist. Er ist ein eifriger Zeitungsleser und leidet an den tragischen Ereignissen der Weltgeschichte, als ob er sie alle selbst erleben würde. Er kann nachts kaum schlafen und wird zu einem nervösen Wrack; seine Magenbeschwerden werden so schlimm, daß er sich untersuchen läßt: Der Arzt schätzt Chêneverts Leiden richtig ein: Nerven. Er soll nicht das Leiden anderer auch noch auf seine Schultern nehmen, er soll sich entspannen und vorderhand einmal in die Ferien gehen. Chênevert mietet eine einsame Jagdhütte in den Laurentians, den schwarzwaldähnlichen Bergen im Norden Montreals. Hier erlebt er sein erstes «bonheur d'occasion»: zwei Wochen im Garten Eden. Chênevert sieht die Absurdität seines bisherigen Lebens ein. Er erkundigt sich bei einem Bauern, ob es denn für ihn möglich wäre, hier sein Leben zu fristen. Die Antwort ist ermutigend. Als neuer Mensch bricht er zur Rückreise in die Stadt auf, aber als sein altes Ich kommt er in Montreal an: der Einfluß des Milieus ist zu groß. Chênevert wird seinen Garten Eden nicht wieder sehen. Eineinhalb Jahre später, noch nicht fünfundfünfzig Jahre alt, stirbt er an Prostatakrebs. Seine letzten Tage sind verklärt wie diejenigen des kleinen Daniel in *Bonheur d'Occasion:* Unter dem Einfluß von Drogen wird ihm endlich froh zumute; alle Bekannten besuchen den Sterbenden, überhäufen ihn mit Geschenken und Freundlichkeiten, die man dem Lebenden vorenthalten hatte. So wird ihm das Sterben im wohlorganisierten Spital – von seinen Ferien im Norden abgesehen – zur schönsten Zeit seines Lebens.

Rue Deschambault (1955) ist eine Sammlung von achtzehn mehr oder weniger autobiographischen Skizzen. In einer Vorbemerkung warnt Gabrielle Roy: «Gewisse Gegebenheiten in diesen Erzählungen entsprechen der Realität. Aber die Personen und fast alles, was ihnen zustößt, sind Spiele der Einbildung.» Realität sind: das Haus an der Rue Deschambault in Saint-Boniface, die Eltern und die Geschwister, das Abenteuer des Vaters bei den Ruthenen, die Erlebnisse der Lehrerin in Cardinal. Phantasie: der Auszug der reiselustigen Mutter nach Quebec, die Reise der Mutter, um die Heirat einer Tochter zu verhindern (diese Novelle ist im Manesse-Band: *Kanadische Erzähler der Gegenwart* enthalten), die Geschichte der zwei Neger. Zum erstenmal erzählt Gabrielle Roy in der ersten Person. Von Skizze zu Skizze wird die Erzählerin älter: aus einem fünfjährigen Knirps wird die Institutsschülerin, die ihre erste Liebe erlebt, und schließlich die neunzehnjährige Lehrerin. In der *Route d'Altamont* wird Gabrielle Roy dieselbe Erzählhaltung einnehmen. Aber was im späteren Buch aus einem Guß besteht, zerfällt in *Rue Deschambault* noch ins Skizzenhafte. Humorvolles wechselt mit Tragischem, Wahrscheinliches mit Unwahrscheinlichem. Es ist ihr einziges Buch, das Gabrielle Roy nicht als «Roman» bezeichnet hat.

1961 erschien der Roman *La Montagne Secrète;* zum erstenmal wurde ein Buch von Gabrielle Roy von einem großen Teil der Kritik abgelehnt. Die Handlung spielt vorwiegend im hohen Norden, im

Gebiet des Mackenzie River und im nördlichsten Quebec, dort wo die Metis-Indianer und die Eskimos anzutreffen sind. Wie sie in einer Vorbemerkung sagt, kennt Gabrielle Roy die Gebiete nicht aus eigener Erfahrung, sondern aus den Erzählungen eines ihr bekannten Trappers und Malers, der den hohen Norden oft durchwandert hatte. Andere haben das Überwintern zu zweit in einer Hütte im hohen Norden besser beschrieben, etwa Constantin-Weyer in *Un homme se penche sur son passé*. Es geht aber Gabrielle Roy nicht in erster Linie um die Landschaft, sondern sie versucht, in der Figur des Malers Pierre Cadorai das Problem des reifenden Künstlers überhaupt darzustellen. Er durchwandert den Norden, malt Landschaften und Tiere, bis er eines Tages sein großes Erlebnis hat: er entdeckt einen Berg, der ihn unendlich fasziniert. Er malt ihn so lange, bis der Winter ihn beinahe überrascht. Übel zugerichtet erreicht er noch eine Eskimosiedlung. Ein Priester entdeckt die Qualität dieser Zeichnungen und veranstaltet eine Ausstellung in Montreal, worauf Pierre ein Regierungsstipendium erhält, um in Paris zu studieren. Trotz aller Begabung lernt er dort im Grunde nichts Neues. Viele andere haben die Landschaft der Camargue besser gemalt als Pierre. Bevor er an einem Herzschlag stirbt, beginnt er in seinem Studio in Paris wieder die Tiere der Tundra zu malen. Hat die Geschichte eine Moral? Schuster, bleib bei deinen Leisten? Das wäre zu simpel. Im Grunde geht es um einen Künstler, der sich in seinem nördlichen und rauhen Garten Eden wohlgefühlt hat und nun, da seine Bilder ja unter die Leute kommen müssen, in den Sog des modernen Kulturbetriebs gerät und darin untergeht. Das Buch überzeugt weniger als ihre andern, weil sich Gabrielle Roy ihres Materials nicht so sicher ist wie sonst: weder hat sie den hohen Norden selbst erlebt, noch gelingt es ihr, die technischen Probleme eines lernenden Malers überzeugend zu formulieren.

La Route d'Altamont (1966) ist Gabrielle Roys bestes Werk. Wie in *Rue Deschambault* erzählt sie in der ersten Person, in den drei ersten Teilen als Mädchen von sechs bis acht Jahren, im vierten Teil als achtundzwanzigjährige Lehrerin, die in kurzem nach Europa verreisen wird. Die Erzählerin sieht einenteils mit den Augen eines Kindes, dem Alltäglichkeiten noch als Wunder erscheinen, andererseits erzählt sie aus der Distanz von Jahrzehnten, als Frau, welche die entscheidenden Lebenserfahrungen hinter sich hat; eine gewisse Melancholie geistert durch das Buch, die Melancholie dessen, der das Spiel vom

Leben und vom Tode, von der ewigen Wiederholung der menschlichen Tragödie mit immer neuem Personal erkannt hat. Die Großmutter hatte sich gegen den Aufbruch aus Quebec nach Manitoba gesträubt, die Mutter hatte ihn befürwortet. Am Ende des Buches zieht Gabrielle in die Welt hinaus und läßt die siebzigjährige Mutter zurück. Einmal hatte die Mutter die Großmutter vergeblich zum Ausruhen überredet, jetzt versucht es die Tochter bei der Mutter. Was dieses letzte Buch von *Rue Deschambault* unterscheidet, ist nicht nur die vollendete Form, sondern auch die vertiefte Vision. Tiefer als Gabrielle Roy kann man nicht in die Gefühle und Gedanken der Menschen eindringen, man denke an den alten Mann und das Kind, die zusammen an den Lake Winnipeg fahren. Wenn man hier literarisch vergleichen will, müßte man Teile aus Prousts *A la recherche du temps perdu* heranziehen.

Die vier Teile des Romans hangen nicht nur durch die Person der Erzählerin und die Chronologie zusammen. In jedem Teil ist die Rede vom Fernweh; abgesehen vom dritten Teil geht es immer wieder um die Frage nach dem Sinn des Lebens und Sterbens, um die Sehnsüchte und bonheurs d'occasion der Menschen, um die Tragik des Altwerdens, des Wartens auf den Tod. Im ersten Teil wird sich die Erzählerin zum erstenmal der Realität des Todes bewußt. Zwei Jahre später lernt sie vom alten Herrn Saint-Hilaire, was das heißt, alt zu werden, den Tod zu erwarten. Am Ende des Buches weiß sie, daß auch sie die Zeit des Alters und des Todes erwartet; die Mutter ist jetzt soweit, wie zu Beginn des Buches die Großmutter gewesen war. Beim nächsten Wechsel der Generation wird sie selbst an der Reihe sein. Dieses melancholische Bewußtsein der 1966 schreibenden, siebenundfünfzigjährigen Gabrielle Roy gibt dem Buch die Molltonlage, die den Leser mit einer gewissen Wehmut erfüllt. Behutsam, aber tiefer als früher führt Gabrielle Roy das Religiöse ein: die schöpferische Großmutter, die eine Weile Gottes Stelle eingenommen hat, wird alt und schwach. Das Gottesbild des Kindes ändert sich. Im Hintergrund spürt man die unausgesprochene Klage der Autorin: Mußte Gott das Los des Menschen wirklich so tragisch gestalten? Warum hat er die dem Menschen zugemessene Zeit so kurz bemessen? Immer wieder ist die Rede von der Zeit – beim Umzug, aber auch bei der Reise an den See: der Greis will die Uhr zurückstellen, dem Kind läuft sie nicht schnell genug. Im Grunde haben alle Menschen unbewußt das eine Ziel: das Gelegenheitsglück dauerhaft zu machen. Aber das wird ihnen nie gelingen.

So wie Pierre Cadorai seinen geheimen Berg nur einmal entdecken kann, so hat einc zweite Fahrt durch die Hügel von Pembina wenig Sinn. Die Straße nach Altamont ist ein kurzes, vielleicht das letzte glückbringende Wegstück auf dem Lebensweg der Mutter. Nachher bleibt ihr noch wenige Jahre die Erinnerung.

Armin Arnold

INHALT